JN201923

もうひとつの『異邦人』

叢書 الأطلس《エル・アトラス》

Meursault, contre-enquête
Kamel Daoud

もうひとつの『異邦人』

ムルソー再捜査

カメル・ダーウド

鵜戸 聡 訳

水声社

本書は
叢書《エル・アトラス》の一冊として
刊行された。

犯行時刻は諸国民にとって同時に鳴るわけではない。
かように歴史の不変性は説明されるのである。
——E・M・シオラン『苦渋の三段論法』

アーイダへ。
イクベルへ。
わが眼を開いて。

I

今日、マーはまだ生きている。

彼女はもう何も言わない。でも、話そうと思えばいくらでも話すことができるだろう。この物語をさんざん繰り返したせいで、ほとんど何も思い出せなくなった僕とは正反対だ。つまり、半世紀以上も前の物語ってことなんだ。それが起こったときには、みんなその話でもちきりだった。いまもその話をする人たちがいる。でも思い出すのはたった一人の死者のことだけ——恥知らずだと思わないかい、死んだのは二人だっていうのに。ああ、二人だ。もう一人が省かれた理由だって？　一人目は話をすることができたんだ。自分の犯罪を忘れさせることができるくらいね。その一方で、二人目は哀れな文盲、まるで銃弾に撃たれて塵に帰るためだけに神がお創りになったみたいだった。自分の名前をもらう暇さえなかった名無しだよ。

まず言っておきたいんだがね、二人目の死者、殺された方は、僕の兄なんだ。彼には何にも残されちゃいない。彼の代わりに話をするのは僕しかいないいんだ。このバーに座って、絶対に述べられることのないお悔やみを待ちながらね。笑ってくれてもいいが、これは僕の使命みたいなものなんだよ。お客がひけていくのに舞台裏の沈黙を転売しようってのは。そもそも僕がこのことば《ラング》を話したり書いたりするのを学んだのはそれが理由なんだ。死んだ人の代わりに話をして、彼の台詞の先を少し続けるためなのさ。人殺しのやつは有名になって、その物語はあんまり上手く書かれてたもんだから、僕は真似しようって気にもならなかった。それはやつに属するやつのことばだった。そういうわけで僕は、独立後のこの国でみんながやったことをやろうとしている。つまり、かつてのコロン〔植民地期の欧州系住民〕たちの家からひとつひとつ石を取っていって、それで自分の家を、自身のことばをつくるんだ。あの人殺しの言葉《モ》と表現は、僕の〈相続人不存在財産〉だ。そもそもこの国は、もはや誰のものでもない言葉、古い店のショーウィンドウや黄ばんだ書物のなか、人々の顔の上に見つかるような言葉、あるいは脱植民地化が造り出す奇妙なクレオールによって変形した言葉で埋め尽くされているんだ。

だから、その殺害者が死んだのはずいぶん前のことで、僕の兄がいなくなったのはあまりに昔のことなんだ——僕にとってはそうじゃないがね。君が僕の大嫌いな類いの質問をしたくてたまらないのはわかっているんだが、よく聞いてほしいんだよ、最後には君も納得がいくはずだから。普通の話じゃないんでね。こいつは最後から始まって初めに遡る物語なんだ。そう、まるで鉛筆で描いた鮭の群れみたいに。他のみんなみたいに、君もこの物語を、それを書いた男が語ったように読んだに違いない。こいつがあんまり上手く書いたものだから、その言葉はまったく正確にカットされた宝石みたいに見える。ニュアンスにすごくうるさいやつなんだよ、君の主人公は。ほとんど数学みたいにしてしまおうとしたんだ。石やら鉱物やらで延々と計算しようというわけさ。あいつの書き方を見たかい？一発ぶっ放したって話をするのに詩の技法を使っているみたいだ！　あいつの世界は清潔で、朝の明晰さに彫琢され、明確で、きっちりして、香気と眺望によって描かれている。唯一の影が「アラブ人たち」の影、あやふやで非常識で、「かつて」からやってきたモノ。まるでことばの代わりに笛の音しか出せない幽霊みたいな。あいつはきっと、自分のことを死んでいてほしくもなければ生きていてもほしくない国のなかで堂々巡りするのにうんざりしてたんだろうって僕は考えている。あいつの犯した殺人は、自分が所有できない土地に失望した愛人による殺人みたいなものだ。さぞかし苦しんだことだろうよ、お可哀《かわい》そうに！　自分を生んだわけじゃない場所の子供になるってのはね。

　僕もまた、それらの事実を彼の解釈《バージョン》で読んだんだ。君やその他の数百万人と同じくね。初っ端から誰もがすべてを理解した。あいつは人間の名前を持っているけど、僕の兄が持っているのは事件の名前だって。あいつは兄を「十四時」と呼んだかもしれない。別のやつが自分のニグロのことを「フライデー」と呼んだように。曜日の代わりに一日のうちのある時刻にしたわけだ。十四時、いいじゃないか。アラビア語の〈ズージュ〉〔口語で「双つ」を意味する〕、二、デュオ、彼と我、この出来事《イストワール》の物語《イストワール》を知っている者たちにはある意味で疑いない双子だ。束の間の、専門的に言えば儚い、アラブ人で、二時間生き、それからは、埋葬されたあとですら、七十年間休みなく死んだまま。ズージュ兄さんはガラスで覆われているみたいだ。殺されて死んでまで、何度も何度も、隙間風みたいな名前と時計の二本の針で指され続け、兄は自分自身の死を、己が一日と己が背負った世界の残りをどうすべきかも知らぬフランス人が撃った弾丸によって、再演し続けるのだ。

それだけじゃない！　この出来事を頭のなかで再演するたび、僕は怒りでいっぱいになる――少なくともそうあるだけの力があるときにはいつでも。そこで死者を演じ、自分がどうやって母親を亡くし、それからどうやって太陽の下で肉体を無くし、それからどうやって愛人の肉体を無くし、それからどうやって自分の神が人間の肉体を打ち捨てたのかを確かめに教会に向かい、それからどうやって母親の屍体と自分の屍体の通夜を行ったのか云々をくどくど述べるのは、あのフランス人なんだ。ああ神よ、一体どうやったら人を殺してその死に至るまで奪い尽くすなんてことができるのだろう？　銃弾を受けたのは僕の兄なんだ、あいつじゃない！　ムーサーなんだ、ムルソーじゃない、違うかい？　まったく唖然とさせられるね。誰一人として、独立のあとですら、犠牲者の名前、住所、祖先、いたかもしれない子供たちについて知ろうとはしなかったんだ。誰一人もだ。みんなこのダイヤモンドの角を剥き出しにする完璧なことばに口をポカンと開けたままで、みんな殺害者の孤独に共感を表して大層なお悔やみを述べた。今日、誰が僕にムーサーのほんとうの名前を言うことができる？　たったひとりで、民もなく、奇跡を起こす杖もなしに歩いて渡らねばならぬ海まで兄を流し去ってしまったのはどんな河なのか、誰が知ってるというんだ？　ムーサーがリボルバーを、哲学を、あるいは日射病を持っていたかどうか誰が知っている?

　ムーサーとは誰か?　それは僕の兄だ。僕が手をつけたいのはそこなんだ。ムーサーが一度も語ることのできなかったことを君に語りたいんだ。このバーの扉を押し開くことで、君はひとつの墓を開いたんだ、若き友よ。カバンに例の本は入っているかい?　よろしい、弟子となって僕に最初の一節を読んでくれたまえ……

　分かったかい?　分からない?　それじゃあ説明しよう。母親が死んでからというもの、この男、つまり例の殺害者は、自分の帰る国が無くなってしまって、無為と不条理のなかに落ち込んだのだ。こいつはフライデーを殺せば運命を変えられるって信じ込んだロビンソンなんだよ。ところが自分が島で罠にかけられたと分かって、鸚鵡《おうむ》みたいな才能《ジェニー》で自己満足の長広舌を振るい始めた。「プーア・ムルソー、ホウェア・アー・ユー?」こんな叫びをちょっと真似してごらんよ、馬鹿らしさが薄れるから、ほんとうだって。こんなことを言うのも君のためなんだ。僕はこの本を丸覚えしてるからね、コーランみたいに暗唱して聞かせることだってできる。この話は、ある屍体が書いたものだ、作家じゃない。どんなふうに太陽や色彩の眩惑に苦しんだのか、そしてかつての太陽や海、岩石のことを除けば何の意見もない、ということからそれが分かる。最初から、あいつが僕の兄を探していたことが感じ取れる。実際のところ、あいつは兄さんを探していたんだ。彼に会うためというよりも出会わないですむように。僕が考えるたびに辛くなるのは、あいつは兄さんを跨いで殺したってことだ、撃ったってことじゃなくて。いいかい、あいつの罪っていうのは荘厳なくらい投げやりだってことだよ。そのおかげで、僕の兄をシャヒード〔殉教者〕に仕立て上げるのはどうにも不可能になってしまった。殉教者がやって来たのはこの殺人から相当あとのことだ。二つの時代のあいだで、兄さんは解体され、あの本はご存知の通りの成功を収めた。その挙句、殺人事件など起こらなかった、ただ日射病を起こしただけだ、と証明しようとするあまりに、みんなヘトヘトになってしまったんだ。

　ハハ！　君は何を飲むかい？　ここじゃあ、一番いい酒は、死んだあとにふるまわれるんだ、死ぬ前じゃない。そういう宗教なんだよ、兄弟。急げよ、何年かしたら、まだ開いているバーは天国にだけってことになるからな、世界の終わりのあとには。

　君に話して聞かせる前に、この物語を要約しておいてあげよう。文章を書くことのできる男が、その日に名前すら持っていなかったアラブ人――まるで名前を釘に引っ掛けたまま舞台に出てきてしまったみたいだ――を殺す、それから弁解し始めて言うには、それは存在しない神の過ちで、そのとき太陽の下で自分が理解したことのせい、そして海の塩が無理やり自分の目を閉じさせたからなんだと。そのおかげで、この殺人はまったく罰せられない行為となり、犯罪ですらなくなった。というのも正午から十四時のあいだは、あいつとズージュ、ムルソーとムーサーのあいだに法はないのだから。そのあとは、七十年のあいだ、みんなして被害者の遺体を急いで消し去り、殺人現場を形のない博物館へと変貌させるのに加わったんだ。ムルソーってどういう意味だ？「ムール・スル（独りで死ぬ）」？「ムール・ソ（愚かに死ぬ）」？「ヌ・ムール・ジャメ（決して死なない）」？僕の兄はな、この物語のなかで、たった一言の権利すら持たなかった。そこのところ、君はね、先輩たちみんなと同様、君もまた道を間違えているんだ。不条理、それを背中に、あるいは我々の大地の腹のなかに抱えているのは、兄と僕なんだ、ほかのやつじゃない。しっかり理解してくれ、僕は悲しいとか怒ってるって言うんじゃない。喪を演じてるってわけでもない、ただ……ただ何だろう？僕にも分からないな。僕は多分、正義が為されて欲しいんだ。こんな歳にもなって馬鹿げたことをと思われるかもしれないがね……でもこれは誓ってほんとうなんだ。僕が言いたいのは、裁判所の正義じゃなくって、〈公平な秤〉の正義だ。それから、もう一つほかの理由もある。僕は、幽霊に追われることなく逝きたいんだ。人がどうして真実の本を書くのか、僕には分かった気がするよ。自分を有名にしたいんじゃなくって、もっとうまいこと見えなくなりたいんだ。世界の真実の核心にかじりつくべきだと要求しながらね。

まあ飲んで窓から見てごらん、この国は水族館みたいじゃないか。さてさて、これは君のせいでもあるんだぜ、君の好奇心が僕を挑発するんだ。僕は長いこと君を待ってたんだ。それに僕が自分の本を書けないとしても、僕は少なくとも君にそれを語ることができる。そうじゃないかい？　酒を飲んでる男はいつだって誰か聞いてくれる男を待ち望んでいるものだ。これは君の手帳に書いとくべき本日の格言だな……

簡単なことだよ。この物語は書き直さなきゃならないんだ。同じことばで、でも右から左にね。つまり、まだ生きている肉体から始めて、それを終わりに導いた小道の数々を通りぬけ、そのアラブ人の名前から、彼が銃弾に出くわすまでを。それで僕はこのことばを学んだんだ。ある意味じゃあ、太陽の友だちだった僕の兄に代わってこの物語を語るためにね。君には真実味が無いかな？　君は間違ってるよ。僕は、しかるべきときに誰も僕に与えてくれようとしなかったこの答えを見つけなければならなかったんだ。あることばを飲み、話していると、いつの日かそれが人を乗っ取ってしまう。すると、ことばは人間の代わりに物事を把握し始め、まるでカップルがキスを貪るみたいにして人の口を奪ってしまうんだ。僕の知り合いに、ある日、文盲の父親が誰も解読できない電報を受け取ったがために、フランス語の読み書きを覚えたやつがいたんだがね——君の主人公とコロンたちの時代だよ。その電報は、一週間のあいだ、誰かが読んでくれるまでポケットのなかで腐らせてたんだ。そこには三行で、木も生えぬ奥地のどこかで彼の母親が死んだことが告げられていた。「俺が読み書きを覚えたのは、親父のため、そしてこんなことが二度と起こらないようにするためだ。俺は、親父の親父自身に対する怒りを、そして俺に助けを求める眼つきを決して忘れなかった。」って、この男は僕に言ったよ。結局の所、僕の理由も同じようなものさ。ほら、続けて読んでごらんよ。全部僕の頭に入っちゃいるがね。夜な夜な、僕の兄のムーサー、またの名をズージュは、死者たちの王国から飛び出して、僕のあごひげを引っ張って叫ぶんだ。「おお、俺の兄弟ハールーンよ、どうしてお前はこんなことをされるがままにしているんだ？　俺はおぼこの雌牛じゃあない、ちくしょう、俺はお前の兄貴なんだ！」　ほら、読むんだ！

最初にはっきりさせておこう。僕らは二人っきりの兄弟で、君の英雄が本のなかでほのめかしていたような身持ちの悪い姉妹はいなかった。ムーサーは長男で、頭は雲を突くほどだった。彼は背が高かった。そう、空腹と、怒りが発する力のおかげで、彼の身体は痩せ細って節くれだっていたんだ。顔は角ばっていて、大きな手で僕を守ってくれた。父祖の地を失ったせいで眼つきは厳しかった。でも、兄のことを考えてみると、僕は、兄が僕らを、すでに死者たちがやるようにして愛していたように思う。つまり、あの世から見ているみたいな眼をして、無駄なことは口にしなかったんだ。兄の姿をたくさんは憶えていないけれど、君にはじっくり話して聞かせたいな。僕らの街区の市場、それか港から早く帰って来たあの日の兄を。兄はそこで荷運び人夫や何でも屋として、運んだり引きずったり持ち上げたりして汗をかいていたんだ。その日、僕が古タイヤで遊んでるところに出くわした兄は、僕を肩車にして両耳を摑むように言った。まるで兄の頭がハンドルになったみたいに。空に手が届くみたいで大喜びしたのを憶えているよ。兄はタイヤを転がしながらモーター音を真似ていたっけな。兄の匂いが蘇るようだ。腐った野菜のような、汗と筋肉と吐息が混じり合った執拗な匂い。また別の姿《イマージュ》を、犠牲祭の日の兄の話をしようか。その前日に僕は馬鹿をやって兄にしこたまぶん殴られたもんだから、二人とも気まずい思いだった。贖罪の日なんだから、兄は僕を抱きしめるべきだったんだけど、僕の方が、兄に誇りを失わせたくない、たとえ神の御名においてでも、兄がへりくだって僕に赦しを乞うなんてことはあってはならないと思ったんだ。兄が家の戸口で、隣の壁を向いたまま、タバコと、母さんが入れてくれたコーヒーを手に、じっとしたままでいてくれたことも僕は憶えている。

僕らの父親はずっと昔にいなくなって、フランスで父に出くわしたって言うやつらの噂のなかで細切れになっていた。ムーサーだけが父の声を聞くことができ、夢のなかで聞き留めた父の言葉を僕らに語ることができた。兄が父を見かけたのはたった一度きりで、しかも遠くからだったのでほんとうに父だったかも疑わしかった。僕は子供だったが、その日に噂があったかなかったかを見分けることができた。僕の兄、ムーサーが僕らの父親の話をしようとするときは、熱に浮かされたような様子で家に帰り、火のような眼をして、マーと長いことひそひそ話をしては、終いには激しい言い争いになるのだった。僕は除け者だったが、本質のところは理解していた。つまり、兄はなんだかわからない理由でマーのことを恨みに思っていて、彼女の方はもっとわからないやりかたで自分を弁護しようとしていたのだ。昼も夜も、不安を呼び、怒りに満ちて、僕はムーサーまでもいなくなってしまうのではと思ってパニックになったのを憶えている。でも兄はいつも明け方には、酔っ払い、奇妙なほど己の反抗を誇りながら、新しい力を付与されたかのようにして帰ってくるのだ。それから我が兄ムーサーは酔いが醒め、火が消えたようになるのだった。兄は眠れることで満足し、母さんは兄の上に己の帝国を再び見出すのだった。僕の頭のなかのいくつかの映像《イマージュ》、これが君にあげることができるすべてだ。コーヒーカップ、タバコの吸殻、彼のエスパドリーユ、泣いたと思えばすぐに、お茶やスパイスを借りに来た隣のおばさんに微笑みかけるマー、悲嘆から社交辞令への身替りの速さはすでにして僕に彼女の真摯さを疑わせるものだった。すべてはムーサーの周りを回っており、ムーサーは、僕が決して知ることのなかった、僕に家名以外の何ものも遺贈しなかった僕らの父親の周りを回っていた。当時、僕らが何と名乗っていたか知ってるかい？　ウレード・エル゠アッサース、守衛の息子たち。より正確に言えば夜警番の息子たちだ。僕の父は、何だか知らない製作所で守衛をしていたらしい。ある晩、父はいなくなった。それでおしまい。語られているのはそれがすべてだ。それはちょうど僕が生まれたあと、一九三〇年代のことだ。そういうわけで、僕が想像する父はいつも暗く、コートだか黒い外套《ジェッラーバ》に身を隠し、薄暗い片隅に身を縮めていて、声もなく、僕に答えることもないのだ。

ムーサーは控えめな、口数の少ない神で、濃い顎髭《あごひげ》と、いかなる古代のファラオの兵士であろうと絞め殺すことのできる腕を持った巨人だった。君に言いたいのは、みなが彼の死とその状況を知った日に、僕が感じたのは苦しみでも怒りでもない、何よりもまず失望、そして侮辱だった。まるで僕が辱《はずかし》められたかのようにね。我が兄ムーサーは海を二つに割ることもできたのに、彼は凡庸さの裡に死を遂げたのだ。平凡な端役みたいに、今や無き浜辺で、彼を永遠に有名にするはずだった海原のすぐそこで！

僕は兄のためにほとんど泣きはしなかった。ただ以前のように空を見上げるのをやめたんだ。おまけに、そのあと〈解放戦争〉に参加することもなかった。僕は、同胞たちが無気力や日射病のせいで殺されていたときからこの戦争にあらかじめ勝っていたことを知っていたんだ。僕にとっては、読み書きを覚えたときからすべて明らかだった。僕には母がいて、ムルソーは母親を失っていた。あいつは殺し、僕はそれがあいつ自身の自殺なのだとわかっていた。でもそれは、確かに、舞台が回転し、役柄を入れ替える前のことだった。僕とあいつがどれほどまでに、肉体が衣装でしかない出口《ユイ・クロ》なしのなかの同じ小部屋の連れどうしなのか僕が気づく前だ。

だから、この殺人の物語はあの有名な一節、「今日、ママンが死んだ」で始まるのではない。そうではなくて、いまだかつて誰も聞くことのなかった言葉、我が兄ムーサーがあの日出かける前に母さんに言った言葉、「今日はいつもより早く帰るよ」で始まるのだ。あれは、僕は憶えている、〈無し〉の日だった。僕の家族とその二元式カレンダーを思い出してごらん。僕の父の噂が〈有り〉の日と〈無し〉の日、タバコを吸い、マーと口論し、僕のことを食わせなきゃならない家具みたいに見る日々。実際のところ、僕はわかってたんだ。自分がムーサーと同じことをしているって。兄は父の代わりをし、僕は兄の代わりをした。だがここで、僕は君に嘘をついている。僕が長年自分自身に嘘をついてきたようにね。真実は、〈独立〉が人々に役柄を取り替えさせただけだったってことだ。植民者たちがこの国を弄び、釣鐘や糸杉、コウノトリなんかを持ち込んでいた頃は。僕らはこの国の亡霊だった。今はどうかって？　ええ、その反対だとも！　ときには彼らも戻ってきたりする。孫子の手に摑まって、ピエ・ノワールや、望郷の念に囚われた人々の子供たちのための企画旅行で、誰それの通りだの家だの、幹にイニシャルを彫った木だのを見つけようとするんだ。僕は最近、フランス人の一団を空港の売店前で見たよ。控えめで無口の幽霊みたいだった。彼らは僕らを見つめていた、僕らアラブを、黙ったまま、〈まるで僕らが岩石か枯木である以上でも以下でもないかのように〉。とはいえ、今となってはもう終わった話だ。彼らの沈黙が意味していたのはそういうことだ。

君が犯罪捜査をする際には、本質的なことを摑まえておいて欲しいんだ。つまり、死んだのは誰なのか？　その人は何者だったのか？　ということだよ。君には僕の兄の名前をメモしておいて欲しい。彼こそが始めに殺されて、今もなおみなに殺され続けているのだから。僕がこんなことを言うのはね、そうでもなきゃ、ここでお別れした方がマシってもんなんだ。君は自分の本を持って、僕は屍体を持って、それぞれ自分の道を行けばいい。何にしたって、何と哀れな系図だこと！　僕は守衛の息子、ウレード・エル＝アッサース、そしてあの〈アラブ人〉の弟だ。いいかい、ここオランではね、皆が起源に取り憑かれているんだ。ウレード・エル＝ブレド、町の、故郷《くに》の本物の息子たちだ。誰もがこの町のかけがえのない息子になろうとする。最初の息子、最後の息子、最古の息子に。この物語には私生児になることへの不安があると思わないかね？　誰もかれもが、我こそが——自らと、その父あるいは祖先が——ここに住み着いた最初の者であり、そのほかの者はみんなよそ者、〈独立〉で十羽一絡げにお偉くなった土地なし農民どもなのだ、と証し立てようとする。どうしてこの手の輩は墓場を引っ掻き回すような不安にかられるんだろうってずっと思ってたよ。ああ、そうさ、きっと財産のことで恐れ、争っているんだ。ここに住み着いた最初の者たち？　「鼠ども」とひどく懐疑的な者たちや最後に来た者たちは言う。海に向かって両脚を開いた町なんだ。港を見てごらん、シーディー＝エル＝フワーリーの古い街区へ、ラ・カレール・デ・ゼスパニョルの方へと降りていけば、郷愁で饒舌になった年老いた娼婦の匂いがする。僕はときおり、レタン遊歩道の草木の生い茂る庭の方に降りて行って、独りで酒を飲んだり、不良たちのそばをかすめたりするんだ。そう、そこには奇妙で濃密な植生があり、イチジク属や球果植物、アロエ、そしてもちろん椰子やその他の奥深く埋もれた木々が、天にも地にも繁茂している。その下には、広大な迷宮のようなスペインやトルコの歩廊《ギャラリー》があって、僕も訪れたことがあるよ。それらは大抵閉まっているんだが、僕はそこで驚くべき光景を目にした。齢百年の木々の根を、言ってみれば内側から見るようなもので、巨大にして曲りくねり、剥き出しの大河のよう、あたかも宙に浮いているかのようだった。ほら、この庭に行きたまえ。僕はこの場所が好きなんだが、ときにはそこに、巨大で涸れ果てた女性器の匂いを嗅ぎ当てることがある。そのことが、僕の淫奔なヴィジョンを少しばかり確認してくれる。この町は両脚を海に向かって広げ、湾から高台まで、股を開き、そこにあの豊満でかぐわしい庭が位置しているんだ。一八四七年にそれを考案したのはある将軍――レタン将軍だ。僕としては、彼が〈孕ませた〉と言っておこうか、ハハ！　君は絶対に行かなきゃいけない、どうしてここいらのやつらが名の知られた先祖を欲して身悶えしているのかがわかるだろう。それは、明らかな事実から免れるためなんだ。

ちゃんとメモしたかい？　僕の兄はムーサーと呼ばれてた。彼には名前があったんだ。だが兄は〈アラブ人〉のままだろうよ、これまでもこれからも。リストの最後の男だ、君のロビンソンの目録からは外されてね。奇妙なことじゃないか？　大昔から、植民者は自分が分捕ったものに名前をつけ、気に食わないものから名前を引っぺがして財産を増やしてきた。そいつが僕の兄を〈アラブ人〉って呼ぶのは、彼を殺すためなんだ。あてもなくぶらついて、時間を殺す〔暇を潰す〕みたいにして。参考までに言っておくが、〈独立〉後には遺族年金をもらおうとマーは何年もがんばったんだ。当然彼女はビタ一文貰えなかったけれど、どうしてだと思う？　あの〈アラブ人〉が誰かの息子だってこと――そして誰かの兄だってことを証明するのは不可能なんだ。兄は公然と殺されたってのに、彼が存在したってことを証明することは不可能……　ムーサーとムーサー自身の繋がりを見つけ出して立証するのは、不可能なんだ！　本を書くことができないなら、このことをどうやって人に告げたらいいんだい？　〈独立〉後数カ月は、マーもしばらくのあいだ、身を擦り減らすようにして署名や証言を集めようとしたけれど無駄だった。ムーサーには屍体さえ無かったんだから！

　ムーサー、ムーサー、ムーサー……　僕はときおりこの名前を繰り返すのが好きだ。それがアルファベットのなかに消えてしまわないように。僕がこだわっていて、君にも大きく書いておいて欲しいのはそれさ。ある男が、自分の死と出生から半世紀経って、名前をひとつ持ったばかりなんだ。僕はそこにこだわっている。

この最初の晩の勘定は僕が持とう。それで君の名前は？

II

ボンジュール。ああ、きれいな空だ。子供のぬり絵みたいだな。それか祈りが通じたみたいだ。僕はよく眠れなかった。怒りの夜だ。この喉元を摑まえている怒りが、君を踏みつけ、責め立てながら、同じ質問を君に向け、君から自白だか名前だかを引き出そうと拷問するんだ。君は痛めつけられて抜け出す。尋問のあとのように、おまけに裏切りを犯したような気分で。

僕が話を続けたいかって？　もちろんだとも、この話に方をつけるまたとない機会なんだから！

子供だった僕は、長いあいだ、驚異譚の紛い物ひとつを夜に語ってもらえるだけだった。殺された兄ムーサーの話だ。それは母さんの機嫌次第で、その都度いろいろな形を取るのだった。僕の記憶のなかでは、これらの夜は雨の降る冬や、僕らのあばら家をぼんやり照らすケンケ灯の明かり、そしてマーのつぶやきに結びついている。それはしょっちゅうあるものじゃなかった。食べ物が足りないときや、あまりにも寒すぎるとき、それか、マーが、僕が思うに、普段よりいっそう自分が未亡人だと感じるときだった。おお、いいかい、昔話は死に絶え、僕はこの哀れな女が語ってくれたことのすべてを憶えちゃいないがね、でも彼女は自分の両親や出身部族、女たちのあいだで言われていたことなんかについて、記憶の残りを呼び集めることができた。ありえそうもないことや、見えない巨人ムーサーが〈ガウリー〉やルーミー、汗と土地を盗み取った肥満のフランス人と取っ組み合いの闘いを繰り広げる話まで。こうして、我が兄ムーサーは、僕らの想像のなかで、様々な任務を受けていた。平手打ちにやり返し、恥辱を雪《そそ》ぎ、略奪された土地を奪い返し、賃金を取り返す。それだからムーサーは、伝説のなかでは、馬と剣を持ち、不正を糾《ただ》すために甦った亡霊たちのオーラを纏っていた。ほら、わかるだろう。生きているときから、すでに、彼は怒れる男、荒々しいアマチュア・ボクサーの評判をとっていたんだ。だが、マーの語りの核心はムーサーの最後の日、ある意味では彼が不滅となった最初の日の年代記《クロニック》へと収斂していくのだった。マーはその日の詳細を、幻覚が見えそうなくらい、生き生きと語ることができた。彼女は僕に殺人や死についてはひとつも描写することなく、おとぎ話のように変身させることで、アルジェの貧しい街区に生きるただの若者は、まるで救世主のように待ち望まれた無敵の主人公になった。その語り方《バージョン》は様々だった。ときにはムーサーは、虫の知らせの夢や自分の名を呼ぶ恐ろしい声に目を覚まし、少しばかり早く家を出た。またあるときは、友だちのウレード・エル＝フンマ、つまり女の子やタバコや顔の傷を愛する無職の若者たちに呼ばれて行った。陰鬱なひそひそ話がそれに続き、ムーサーの死によって終いになるのだった。僕にはもうわからない。マーは千と一つもの物語を語ったし、僕もその歳では真実など大して重要じゃなかった。このときとりわけ大事だったのは、このマーとのあいだのほとんど官能的な近さであり、夜の時間に告げられる声なき和解だった。目を覚ますと、すべては元通りとなり、母さんと僕は別々の世界へと戻って行くのだった。

僕に何と言って欲しいんですかね、捜査官殿、一冊の本のなかで犯された罪について？僕は、この死をもたらす夏の日に、朝の六時から十四時のあいだ、あの死亡時刻に、何が起こったのか知らないんですよ。ほらこれでおしまい！　だいたいね、ムーサーが殺されたとき、誰一人として僕らの話を聞きに来なかった。まともな捜査はされなかったんだ。あの日、自分が何をやっていたのか思い出すのだって楽じゃない。通りでは、僕らの街区のやつらいつものやつらが世界のなかに目を覚ました。下の方には、タウィーの息子たちだ。どっしりしたやつでさ、左脚を病気で引き摺って、ゴホゴホやってるタバコ呑み、朝っぱらから壁に小便をひっかけるのが日課で、悪びれもしなかったよ。みんなあいつのことを知っていた。何でかって、やつの儀式があんまり精確なもんだから、あの街区の時計代わりだったんだ。あいつの足音のとぎれとぎれのリズムと咳が、あの通りの一日が始まる最初のしるしだったんだ。上の方、右側にはエル＝ハッジ、つまり巡礼者がいた――そいつはメッカを訪れたわけじゃなくて家系によってそうなった、というのもそれが本名だったんだ。こいつもまた無口で、母親をぶったり、街区のやつらを相も変わらぬ傲然さで見据えているのが天命みたいなやつだった。〈モロッコ人〉は小さな脇道に入った最初の角のところに住んでいて、エル＝ブリーディーというカフェをやっていた。その息子たちは嘘つきやこそ泥で、ありとあらゆる木からその実を盗むことができた。やつらはひとつの遊びを思いついたんだが、それは歩道わきの排水溝にマッチを投げ入れて追いかけっこするというものだった。タイイビーヤという老女のことも憶えてる。子供のいない太ったご婦人で気まぐれな質だった。他の女たちの仔である僕らを見る眼には、何かしら不安を煽るような、貪婪なものがあり、それが僕らのあいだに神経質な笑いを招くのだった。僕らはシラミの小さな集まりで、町でありその千の小径であるところの、大地という巨大な動物の上で迷子になっていたのだ。

つまり、その日は何も変わったことはなかったんだ。予兆を読みとるのが好きで妖霊たちに感応するマーでさえ何の異常も探知しなかった。普段通りの一日、要するに、女たちの喚き声、テラスの洗濯物、行商人たち。町のもっと下の方の海辺で火を噴いた音など、こんな遠くからは誰も聞き取ることはできなかっただろう。たとえ悪魔の刻、夏の十四時——シエスタの時間であっても。だから、何も変わったことはなかったんだよ、捜査官殿。もちろん、あとになってから僕も考えた。それで、少しずつ、マーの千の解釈《バージョン》、記憶の断片、まだ生き生きとしていた直感のなかで、何にせよ、他のものよりもっと真であるバージョンがあったはずだ、と僕は思うようになったんだ。その確信があるわけじゃないが、僕らの家には、あの当時、ライバル関係の女たち、マーともう一人の匂いのようなものが漂っていた。僕が見たこともない誰か。でもムーサーはその声や眼の裡に、マーの当てつけを荒々しく撥ねのけるやりかたに、彼女の痕跡を残していた。ハレムの緊張、とでも言えばよいのか。まるで、異邦《エトランジエ》の香りと親しすぎる台所の匂いのあいだの暗黙の戦いだ。この街区では、女たちはみな「姉妹」なのだ。敬意の規範が恋愛の興趣を妨げるものだから、誘惑の遊戯は結婚式のお祝いやテラスで洗濯物を広げる女たちの単なる目配せになりさがってしまうのだった。思うに、ムーサーの年頃の若者たちにとって、街区の姉妹たちはほとんど近親相姦的で大した情熱もない結婚の見通しを与えるものだっただろう。さて、僕らの世界と、下のフランス人街のルーミーたちの世界のあいだには、スカートを穿き硬い乳房をしたアルジェリア娘たち、満たされないマリー＝ファトマみたいな女がときおりたむろしていて、僕らのような小僧たちは、娼婦あつかいをして眼で石打ちにするのだった。結婚の宿命から逃れて愛の悦びを約束してくれる魅惑的な獲物。この女たちはしばしば烈しい恋愛沙汰や憎しみのこもったライバル関係をつくりだすのだった。これは君の作家も少し語っていることだね。とはいえあのバージョンは不正確なものだ。だってこの不可視の女はムーサーの姉妹ではなかったんだから。おそらく彼女は、結局のところ、彼の数ある情熱の一つだったんだろう。僕はつねづね思っているんだが、ここから誤解が生じているんだ。哲学的な犯罪の原因は、実際のところ、退廃した意趣返し以外の何ものでもなかったのだ。ムーサーは少女の名誉を守って君の主人公を懲らしめようとし、後者は身を守ろうとして冷酷にも浜辺で彼を撃ち殺した。アルジェの庶民的な街区では、僕らの家族は実際、名誉についてこういった鋭くグロテスクな感覚を抱いていた。女たちとその尻を守れ！　僕が思うに、土地も井戸も家畜も失ったあとで、もはや彼らには女たちしか残されていなかったのだろう。こんな説明はいささか封建的で僕も笑ってしまうのだが、このことを考えてみておくれよ、お願いだから。そんなに突拍子もない話じゃない。君の本の物語は、二つの巨悪——女たちと無為——のせいで横滑りに要約されている。だから、僕はほんとうに何度も考えるんだよ、ムーサーの最後の日々には一人の女の痕跡が、嫉妬の香りの痕跡がまさしくあったんだって。マーは決してそのことを話さなかったが、街区では、あの犯罪のあと、僕はしばしば挽回された名誉の継承者として遇せられ、子供だった僕にはその理由が解明できなかった。だけど僕には分かっていた！　僕は感じていたんだ。マーは、あまりにも嘘や真実らしからぬ話を僕に語ったがために、結局は僕の疑いを招き、僕が直観的に察した数々のことがらにいくらかの秩序を与えることとなった。僕はすべてを再構成しようとしていた。あの最後の時期のムーサーの度重なる酩酊、空気中に漂っていたあの香り、友人たちの前で彼が見せていた誇らしげな笑み、余りに真面目くさって、ほとんど喜劇的な、彼らのひそひそ話、そして僕の兄がナイフをもてあそび、僕に刺青を見せびらかしたやりかた。「エシェッダ・フィー・アッラー」（「神は我が佑《たす》けなり」）。右肩には「進むか死ぬか」。左の前腕には、割れた心臓《ブロークン・ハート》とともに「黙れ」と彫られていた。それはムーサーによって書かれた唯一の本だ。最期の一息よりも短く、三つの字句に集約されて、世界で最も古い紙、すなわち自分自身の肌の上に。僕は彼の刺青を、他の人たちにとっての初めて読んだ絵本のように思い出す。ほかの特長だって？　ああ、どうだろうな、彼のボイラーマンの青い服《ブルー・ド・ショフ》だとか、エスパドリーユ、預言者みたいなあごひげに、僕の父の亡霊を捕まえようとしていた大きな手、名前も名誉もない女の話。ほんとうにもう知らないんだ、「大学の捜査官」殿。

　ああ！　あの謎の女がいた！　ほんとうに存在していたとしてだが。僕は名前しか知らない――きっと彼女の名前だろう、あの夜、兄が寝言で口にしたんだ。ズビーダって。彼が死ぬ前の夜に。何かの徴候かって？　おそらくね。何にしても、マーと僕があの街区を出て行った日――マーはアルジェから、海から逃げ出すことに決めたんだ――、一人の女が、これには確信があるんだが、僕らをじっと見つめているのを見たんだ。彼女はミニスカートに趣味の悪いストッキングを穿いて、当時の映画スターみたいな髪型をしていたと思う。もともとブルネットだろうに、明らかに髪をブロンドに染めていた。「ズビーダよ、永遠に」、ハハ！　たぶん僕の兄はこんな文言も体のどこかに刺青していただろうね。絶対あの日の彼女だったんだよ。朝早くのことだ。マーと僕が出立しようというときに、赤色の小さなバッグを手にした彼女が遠くから僕らを見つめている。僕には、彼女の唇が、巨大な黒い瞳が、僕らに何かを聞こうとしているように見える。あれが彼女だったと僕はほとんど確信している。当時、僕はそうであることを望んだし、そうであると決めたのだ。というのも、そうすれば兄がいなくなったことに魅力をいくらか添えてくれたからだ。僕は、ムーサーに弁明と理由があることを欲していた。納得できずに、読み書きを覚えるまでの数年間、僕は兄の不条理な死を拒絶し、兄に与える屍衣として物語を必要としていたんだ。まあいい。僕はマーのハイク〔女性の全身を覆う白い服〕を引っ張り、マーは彼女を見ることはなかった。だが、マーは確実に何かを感じ取っていた。というのも、その顔は醜悪に歪み、かつてないほど下品な罵り言葉を口にしたのだ。僕が振り返ると彼女はもういなかった。そして僕らは出立した。僕はハッジュート〔マランゴ〕までの道のりを憶えている。道路わきに積まれた僕ら向けでない収穫物、剥き出しの太陽、埃まみれのバスに乗った旅人たちを。僕は排ガスの臭いに吐き気を催したが、男らしく、ほとんど鼓舞するようなエンジン音はまるで、大きな建物や打ちひしがれた人々、スラムや汚い小僧たち、怒りっぽい警官たちやアラブに死をもたらす浜辺から成る途方もない迷宮から、母と僕を救ってくれる一種の父親のようで好きだった。僕ら二人にとって、町とは犯罪現場、あるいは純粋で古い何かが失われる場所でありつづけるのだろう。そう、アルジェとは、僕の記憶では、汚く、腐敗し、人間泥棒で、裏切り者の、薄暗い生き物なのだ。

どうしていままた僕が町に、オランに舞い戻ってしまったかだって？　いい質問だ。たぶん自分を罰するためだな。ちょっと君の周りを見回してごらん、ここオランでも別のところでもいい。人々は町というものを恨んでいて、一種の異国を蹂躙するためにやってくるかのようだ。町とは戦利品であり、人々はそれを年老いた売春婦みたいにみなしていて、侮辱し、虐待し、汚物を喰らわせ、かつての健全で純粋な小村のときと絶えず比較しながらも、もはやそこから離れることができないんだ。というのも海への唯一の出口であって、砂漠からもっとも離れた場所であるからだ。この言い回し、書き留めておいてくれよ、素敵だろう、ハハ！　ここらの古い歌で、「ビールはアラブのもの、ウィスキーは西洋のもの」ってのがある。こりゃあ嘘だよ、もちろん。僕はよく一人のときにこれを手直しするんだ。この歌はオランのもの、ビールはアラブ、ウィスキーはヨーロッパ、バーテンダーはカビール、通りはフランス、古い柱廊《ポルティーク》はスペインの……　これには終わりが無いんだ。僕は何十年も前からここに住んでいて、居心地もいい。海が下の方、遠くに、港の大きなコンクリートの足下で砕け散る。ここの海は僕から誰も奪っていかないし、僕を傷つけることも決してないだろう。

僕は満足しているんだよ。もう何年も、頭のなかやこのバー以外で、兄の名前を真剣に口に出すことはなかったんだ。この国の人々は、知らない男をみな「ムハンマド」と呼ぶものだが、僕はみんなに「ムーサー」って名前を与えるんだ。ここの給仕の名前でもあるから、君がその名前で呼んだら、彼を微笑ませることだろう。死者に名前を与えることは、生まれた子にするのと同じくらい重要なことなんだ。そう、重要なんだ。僕の兄はムーサーという名前だった。彼の生涯最後の日、僕は七歳だったから、君に語った以上のことは知らない。かろうじてアルジェの僕らの通りの名前は憶えている。それとバーブ・エル＝ウェドの街区と、その市場と墓場。残りは消え去ってしまったんだ。アルジェは僕にはいまだ怖ろしい。アルジェが僕に訴えかけるものは何もないし、僕のことも僕の家族のことも憶えていない。想像してみてくれ、ある夏、一九六三年だったと思う、独立のすぐあとだ、僕はアルジェに戻ってきた、自分自身で捜査を行おうと心に決めてね。でも、しょげかえって駅に回れ右したよ。暑くって、町の服装をしている自分が馬鹿みたいで、何もかもがあまりに速く進み、収穫や木々のゆっくりとした周期に慣れた村人の感覚には、眩暈がするようだった。僕は直ちに踵を返した。なぜかって？　当たり前だろう、若い友よ。もし僕が昔住んでいた家を見つけ出せば、死が僕らを、マーと僕を見つけ出すことになるだろうと思ったんだ。それとともに海と不正義が僕らを見つけ出すのだと。もったいぶっていて、ずっと前から準備していた台詞みたいに響くだろうが、これが真実でもあるんだ。

さて、それじゃあ詳しく思い出してみようか……　どのようにしてみながムーサーの死を知ったか？　僕が憶えているのは、僕らの通りに漂っていた一種の目に見えない雲、身振り手振りを交えて大声で話している憤った大人たち。マーがまず僕に話したのは、あるガウリーが、あるアラブ女性とその名誉を守ろうとした隣人の息子たちの一人を殺してしまったということだった。不安が僕らの家に忍び込んできたのはその夜だった。マーは少しずつ分かりかけていたんだと思う。おそらくは僕自身も。それから突然、長い嘆き声が膨れあがり、とてつもないものになった。我が家の家具を破壊し、壁を、それから街区中を爆破し、そして僕はひとり残された。憶えているのは、僕がわけもなく泣き出したこと。ただみなが僕をじっと見てるってだけで。マーはいなくなり、僕は外でひっくり返ってた。

僕よりも大事な何かにはね飛ばされて、一種の集団的な災厄のなかで呆然としていたんだ。面白いだろ？　僕は思ったよ、漠然とね。たぶん父のことだ、今度はほんとうに死んだんだって。それで僕の嗚咽はいや増した。その夜は長く、誰も眠りはしなかった。人々は引きも切らずお悔やみを言いに来た。大人たちは僕に重々しく話しかけた。彼らの言うことが理解できないときは、彼らの冷厳なまなざしを、もぞもぞする両手を、貧乏人が履く靴を見つめるにとどめた。明け方、僕はとても腹が減って、どこでかは分からないが、ついに眠り込んでしまった。いくら記憶を探ってみてもどうにもならない。あの日のことも、その翌日のことも、もう僕は何も思い出せない。例外はクスクスの匂いくらいのものだ。あれは途方もないような一日で、まるで、「英雄の弟」という新しい身分に因る尊敬の念を僕に表す、まじめくさった小僧たちとぶらついた深い谷のように大きくゆったりしたものだった。それからあとは何にも無しだ。ひとりの男の人生最後の日が存在しないんだ。語ってくれる本が無くては救いは無く、シャボン玉が割れるだけ。それは何よりも僕らの不条理な状況が証明していることだ、親愛なる友よ。誰だって最後の一日なんてものへの権利を持っていやしない、ただ人生が偶然に中断されてしまうだけなんだ。

僕は帰るよ。君はどうする？

＊

ああ、給仕はムーサーという名前だ——とにかく僕の頭のなかではね。それで、もうひとりの、そっちの、奥にいるやつを、彼もまた、ムーサーって命名したんだ。だが、彼にはまた全然別の物語があるんだ。彼の方が年上で、半分寡夫か半分独身なんだな、きっと。肌を見てみろよ、まるで羊皮紙みたいだろ。教育省でフランス語教育の視学官だったんだ。彼のことは知っている。あの眼を覗き込むのは好きじゃないな、そんなことをすれば彼は僕の頭のなかに入ってきて、そこに居座り、僕の代わりにぺちゃくちゃ喋って、彼の人生を僕に語ろうとするだろう。僕は悲しい人たちとは距離をとっているんだ。僕の後ろの二人だって？　同じプロフィールだよ。この国でまだ開いているバーは、重く沈んだ魚たちがなけなしの金をはたいて底を泳いでいる水槽なんだ。僕らがここに来るのは、自分の歳や神や妻から逃れたいときなんだろうな。だけど無秩序のなかにいるんだよ。まあ、君もこういった場所のことは少しは知ってるだろう。少し前からこの国のバーは全部閉まって、みんな沈む船から飛び移ろうとしてる窮鼠みたいになってしまったこと以外は。そして最後のバーにたどり着いたら、人混みを押しのけなきゃならないだろう。僕らは大勢で、年老いていることだろう。ほんとうの最後の審判ってのはこの瞬間なんだ。君をそこにお招きしよう。なに、もう少しのことさ。このバーは内輪で何と呼ばれているか知ってるかい？ タイタニックだよ。軍艦旗《カンバン》には山の名前が書いてあるんだがね。ジェベル・ゼンデル。確かなことは分からないがね。

いや、今日は兄さんの話はしたくないんだ。この安酒場の他のムーサーたちをちょっと見てみようじゃないか、ひとりひとりを。それで、僕がよくやるように想像してみよう。どうやって彼らが太陽の下で放たれた弾丸から生きのびたのかを、あるいはどうやって彼らが君の作家に出くわさずに済んだのか、いや、どうやってまだ死なずに済んでいるのかを。彼らは何千といるんだ、ほんとだぜ。〈独立〉以来片足を引きずりながら。浜辺をぶらついて、死んだ母親たちを埋葬し、バルコニーから何時間ものあいだ外を眺めているんだ。クソっ！ このバーは時々、君のムルソーの母親がいた養老院を思い出させるんだ。同じ沈黙、同じ慎み深い老い、同じ最期の儀式さえも。ちょっと早く飲み始めちまったな、いい口実つきで。胃液の逆流のことさ、夜になると発作が起きるんだ…… 君に兄弟はいるかい？ いない。まあいい。

ああ、僕はこの町が好きさ、たとえ、女についてならとても言えないようなあらゆる悪口をこの町に対して言うのが大好きであっても。ひとはここに小金や海、あるいは心を探しにやって来る。誰もここで生まれたやつなんていない、みんなこの場所の唯一の山の後ろからやって来るんだ。そもそも、誰が君を送り込んで、どうやって僕に出会ったんだろうな。ちょっと信じられないことだぜ。何年ものあいだ誰も僕らを、マーと僕を信じなかったんだ。結局、二人とも、ムーサーを埋葬して終わったんだ、ほんとうにね。ああ、ああ、説明するよ。

あっ、彼が来た……　だめだ、振り向かないで、僕は「酒瓶の亡霊」って呼んでるんだ。ほとんど毎日ここに来てる。僕と同じくらいだな。僕らは決して言葉を交わさずに挨拶するんだ。そのことはまたあとで話そう。

III

今日、僕の母は年をとりすぎたために彼女自身の母親に似てきた。あるいはひい婆さん、もしくはひいひい婆さんに似てきたのかもしれない。ある年齢を過ぎると、輪廻転生がやわらかく押し合いへし合いするなかで、老いは僕らに先祖をみんな集めたような特徴を与えるのだ。きっとこんなものなんだろうね、結局、あの世なんてものは。ご先祖様たちがひとりずつ列をなしている終わりのない廊下みたいなものさ。彼らは単に待っているんだよ。生きている者の方を向いて、言葉もなく、動きもなく、まなざしは忍耐強く、とある日付に目が釘付けになっているんだ。母は、もう養老院と言ってよいようなものに住んでいる。つまり、小さくて薄暗い自分の家で、最後の手荷物みたいなずんぐりとした自分の小さな身体とともに。しばしば、この老いによる縮小化は、ある一生涯の長い物語と比べたとき、僕には信じがたいものに見える。先祖の集まりのようなものが、たった一つの顔の上に凝縮されて、輪になって座り、僕の方を向いて、まるで僕に判決を下すか、あるいは僕がようやく妻を見つけたのかと問いただすかのように。僕は母の歳を知らない。母が僕の歳を知らないのと同じだ。〈独立〉の前は、みんな日付の厳密さと関係なく暮らしていた。人生は出産だとか、疫病、凶作といったもので区切りをつけられていたのだ。僕の祖母はチフスで死んだ。このエピソードだけでカレンダーを作るには十分だった。僕の父は十二月一日に出て行ったと思う。以来それは、言うなれば心の温度を示す基準で、さもなければ厳寒期の始まりなんだ。

真実を知りたいかい？　今日び母さんにはほとんど会いに行ってないからね。彼女は、死者がひとりとレモンの木が一本つきまとう空の下の家に住んでいる。日がな一日隅々まで箒をかけているんだ。痕跡を消してるんだよ。誰の？　何の？　いいかい、我々の秘密の痕跡だよ。ある夏の夜に封印され、突然僕を大人の歳に追いやってしまった……　そう急ぐなよ、いま話してやるから。それでマーは小さな村みたいなところ、首都から七十キロ行ったハッジュート、かつてのマランゴに住んでいるんだ。僕が子供時代の後半を終え、青春の一時期を過ごしたのもそこだ。その後、アルジェに進学して手に職をつけ（土地管理局だ）、その仕事でハッジュートに戻ってからは、ルーティン・ワークが大いに僕の瞑想を養ってくれた。母と僕は可能な限り距離をとって、二人のあいだにあるのは波の音だけにした。

時系列順に追っていこう。僕らはアルジェを離れ――この話題の日に僕は絶対にズビーダを見た――叔父の家に身を寄せたが、歓迎されなかった僕らはあばら屋をあてがわれ、終いにはそこも追い出されてしまった。それから、植民者の農場にある小さなバラックで暮らした。マーはそこで何でもやる家政婦になり、僕は丁稚《でっち》をやった。主人は肥満のアルザス人で、最後には自分の脂肪で窒息してしまったはずだ。噂じゃ、あいつは怠け者の胸の上に座って拷問するんだと。それで、飛び出た喉にはアラブの屍体がひとつ収まってて、呑み込まれ、死と軟骨のなかで縮こまったあと、咽喉を塞ぐように引っかかったままなんだ、って言われてた。当時のことで、僕が憶えている光景《イマージュ》は、ときどき僕らに食べ物を持ってきてくれた年寄りの司祭、母が僕の服を縫うのに使ったジュートの袋、大事な日のセモリナ小麦の食事。君に僕らの貧困を語りたいわけじゃない。なぜなら当時は空腹だけが問題で、不正義は問題じゃなかったんだから。夕方にはビー玉で遊んだもんさ。それで翌日に、子供がひとり来なかったら、それは死んじまったってことで、そのままビー玉遊びを続けたんだ。疫病と飢饉の時代だった。田舎の生活は苛酷で、町が隠していたものを露わにしていた。つまりこの国は腹が減って死にそうだったってことさ。僕は、とりわけ夜に、男たちの暗い足音を、マーに保護者がいないことを知る男たちを恐れていた。彼女のそばを片時も離れず、寝ずの番をする夜。僕はまさしく父の後継者だった。夜の番人。ウルド・エル＝アッサースだ。

奇妙なことに、きちんとした家を見つけるまでの数年間、僕らはハッジュートの近辺を転々としていた。どれほどの狡知といかほどの忍耐とを対価として、マーは僕らの家を、彼女がいまだに住んでいる家を見つけ出したことか？　僕には分からない。いずれにせよ、彼女は鼻が利いたし、いい趣味をしてると僕も思う。埋葬するときは君も招待するぜ。彼女はそこで家政婦として雇ってもらい、僕を背負って〈独立〉を待った。ほんとうのところ、あの家は慌てて出て行った植民者《コロン》の家族のものだったのを、〈独立〉の初めの頃に僕らが占拠してしまったんだ。この家には部屋が三つあり、壁には壁紙が貼られていて、中庭にはとても小さなレモンの木が一本空を見つめている。脇には小さな納屋が二つ、玄関には木の扉口がある。僕が憶えているのは壁沿いに蔭をなす葡萄の樹や鳥たちの甲高いさえずり。かつてマーと僕は、今では近所の人の食料品店になっている隣の掘っ立て小屋に住んでいた。この頃のことは思い出したくないな。まるでお慈悲を乞いに行かなきゃならないみたいだった。十五歳で、僕は農場で働きだした。ある日、僕は日の出前に起きあがった。仕事は滅多になく、一番近い農場は村から三キロ離れていた。どうやって仕事を得たと思う？　君に打ち明けよう。ある労務者の自転車のタイヤをパンクさせて、彼より早く現場に行ってその仕事を奪ったのさ。ああそうとも！　腹ぺこだったんだ。被害者ぶるつもりはないがね、僕らのあばら屋と植民者の家を分かつ十数メートルは、まるで悪夢のなかみたいに、泥や流砂に足を取られながら、重い足取りで、何年もかけて歩まねばならなかったんだ。ついに僕らがこの家に手を触れて、「僕らのものだ！」って解放宣言するまでには十年以上かかった。ああ、そうとも、僕らもみんながやったみたいにしたんだ。解放の最初の日々からね。扉を破って食器や燭台を持ち出した。何が起こったか？　それは長い話になるな。ちょっと話が逸れたようだ。

この家の部屋はいつもとても暗くて、光がほとんど差さないものだからお通夜をやっているみたいだ。僕は三カ月ごとに出かけていって、一、二時間うとうとしながら母さんを眺めてくるんだ。そのあとは何も起こらない。ブラックコーヒーを飲んで、もと来た道を戻り、バーに入ってまた待つのさ。ハッジュートでは、君の主人公が母親と称される人の棺に寄り添った頃と、風景は変わらない。何にも変わってしまったようには思われない。空洞ブロックの巨大な建物や店のショーウィンドー、そこら中を支配しているようにみえる重苦しい無為を除けば。僕がフランス時代のアルジェリアを懐かしんでいるって？　とんでもない！　君はまったく分かっちゃいないな。僕は単に、当時われわれアラブは待っているような印象を与えていたってことを言いたかったんだ。今みたいに堂々巡りしてるんじゃなくて。僕はハッジュートやその近郊のことなら道ばたの小石に至るまで憶えているよ。村は肥大して秩序がなくなった。造りかけの別荘が増えるなかで、糸杉も丘も消えてしまった。もはや畑中の道もない。そもそも畑がなくなったんだ。

僕が思うに、あそこは人が、生きながらにして、地上を離れることなく太陽にもっとも近づくことができる場所なんだ。少なくとも僕の子供時代の記憶からすればね。でも今日び、もう好きじゃないんだよ、この場所は。それに僕は、マーを埋葬しに戻らなきゃならない日のことを恐れている――死にそうじゃないけどね。あの歳になると、死ぬことにはもう意味はない。かつて僕は、それが謎を解くための第一の鍵なのに、君や君のお仲間が疑問にも思わなかったことを自問したことがある。君の主人公の母親の墓はどこにあるのか？　そう、そこ、ハッジュートだ、彼がそう断言しているように。でも詳しくはどこなんだ？　誰か一度でも墓参したことがあるのか？　誰か本から養老院までさかのぼったことがあるのか？　誰か墓石に刻まれた文字を人差し指でなぞったことがあるのか？　誰もいやしない、僕はそう思う。僕はこの墓を探してみたけど、まったく見つからなかった。この村には、似たような名前の墓はいくらでもあるが、あの殺人者の母親の墓は見つからないままだ。ああ、もちろん、説明はつけられるさ。僕らのところでは脱植民地化が植民者の墓場までをも襲い、掘り返された頭蓋骨でガキどもがボール遊びをしてることもよくあったって承知している。これはほとんどここの伝統になっているんだよ、植民者が逃げていくとき、彼らはしばしば三つのものを残す。骨、道、言葉――もしくは死者を……僕が彼の母親の墓を見つけられなかったことを別にすればね。君の主人公は自分の出自を偽ったのかな？　僕はそうだと思う。そのことは、彼の伝説的な無関心や太陽と無花果《いちぢく》があふれかえった国ではありえない彼の冷たさを説明してくれる。たぶん彼の母親はみんなが思っているような人じゃない。好き勝手言ってるってことは自分でも分かってるよ。だがね、誓って言うが、僕の疑いには根拠があるんだ。君の主人公はたいそう細かくあの埋葬のことを話している——それが調書から寓話になることを望んでいるようだ。まるでお手製の復元みたいなもんで、打ち明け話なんかじゃない。完璧すぎるアリバイで、思い出じゃない。君だってそれがどういうことを意味するのか分かるんじゃないかな。もし僕が君に言おうとしていることを立証できたなら、もし君の主人公が自分の母親の埋葬に立ち会ってすらいないことを証明できたなら。何年もたってから、僕はハッジュートの地元の人たちに聞いてみた。ご明察、誰もそんな名前を憶えちゃいないんだ。養老院で死んだ女のことも、太陽の下のキリスト教徒の葬列のことも。この物語がアリバイなんかじゃないってことを立証するただ一人の母親は、僕の母親なんだ。そして彼女はいまだに僕らの家のレモンの木の周りで中庭に箒をかけている。

僕の秘密を漏らしてほしいかい?——どっちかっていうと〈僕らの〉、マーと僕の秘密かな。君の主人公が太陽の下で着手した作品を仕上げるように、あるひどい夜に、月が僕に強いたのはあそこ、ハッジュートでのことだ。どちらも天体と母親が言い訳になる。僕は延々と穴を掘り続けている。ちくしょう、何て気分が悪いんだ。僕は君を見つめながら、君が信頼に値するか自問している。君はこの、事実の別バージョンがあるのを信じられるかい、まったく本になったこともないものを? ああ、どうするかな。いや、よし、いまはよそう、またあとでな、いつかたぶん。死んでしまったらどこに行けばいいんだろう？僕は彷徨《さまよ》っている。君は事実を欲しているんだろう、括弧付きの余談ではなくて、違うかい？

ムーサーが殺されたあと、まだアルジェに住んでいた頃に、母さんは自分の怒りを見世物的《スペクタキユレール》な長い喪に転じることで、隣人の同情と、批判される恐れなく通りに出て行き、男どものなかに分け入り、他人の家で働き、スパイスを売り、家事をすることができる、一種の正当性を引き寄せた。彼女の女性性《フエミニテ》は死に、それとともに男たちの疑いも死んだ。あの頃は、僕は彼女をほとんど見かけなかった。彼女が町中を歩き回ってムーサーの死を捜査し、彼を知っていた人、顔見知り、この一九四二年に最後に彼を見かけた人に聴取していたのを、僕は待ちながら一日を過ごすことがたびたびあった。近所の女性たちがご飯を食べさせてくれ、街区の子供たちは大病人や打ちひしがれた人々に対するような敬意を払ってくれた。この「死者の弟」というステータスは僕には快適と言ってもよいものだった。実際、僕がこのことに苦しみ始めたのは、大人の歳に近づいて、読み書きを学んでから、とある本のなかで死んだ僕の兄に割り当てられた不正なる運命を理解してからだった。

彼がいなくなってから、僕にとって時間は異なる秩序を持つようになった。僕は絶対的な自由を生き、それはきっかり四十日間続いた。それというのも埋葬はこのときまで行なわれなかったのだ。あの街区のイマームはきっとまごついたことだろう。行方不明者を埋葬するなんてそうそうあるもんじゃない……というのも、ムーサーの遺体は発見されなかったからだ。僕は少しずつ分かってきたんだが、母さんはムーサーを探して、死体公示所やベルクールの警察署など、扉という扉を叩いて回った。その努力も水の泡。ムーサーは完全に、理解不可能な完璧さでいなくなってしまった。この砂と塩の場所で、彼らは二人だった。彼と殺害者、二人っきりだったんだ。殺人者については、僕らは何も知らなかった。そいつはエル＝ルーミー、「異邦人」だった。街区の人たちは新聞に載ったそいつの写真を母さんに見せてくれたけれど、僕らにとってそいつは大量の収穫物を盗み取って肥え太った植民者たちすべてを具現するものでしかなかった。唇でくわえたタバコのほかは何の特徴も見いだせなかったし、そいつの仲間たちとごちゃまぜになって顔立ちもすぐに忘れてしまった。母さんはいろんな墓地を訪ね、兄さんの昔の連れにつきまとい、もはや独房のマットの下で見つかった新聞の切れ端にしか言葉をかけなくなった君の主人公に話しかけたいと望んだ。無駄だったよ。そこから彼女はおしゃべりの才能を得て、彼女の喪は、彼女が驚異的に演じ、彼女の代表作となるまでに仕上げられた驚くべきコメディーへと変じた。彼女はもう一度寡婦のようになった。自身のドラマを、自分に近づく者たちに同情の念を起こさせる一種の商売に仕立て上げ、持病のレパートリーをでっちあげて、頭痛でもすれば、近所の女たちが部族をなして集まるのだった。彼女はしばしば、あたかも僕が孤児であるかのように指さしていたが、それからすぐに僕への優しさを取り去って、猜疑心で皺の寄った眼と厳命するような強《こわ》いまなざしで取って換えるのだった。奇妙なことに、僕は死人のようにあつかわれ、兄のムーサーが生き残ったかのようだった。彼のために、一日の終わりにはコーヒーを温め、ベッドを整え、彼の足音を非常に遠くから、アルジェの下の方、当時僕らには閉ざされていた街区から聞き取るのだった。僕は提供すべき特別なものを何ら持ちあわせていなかったため、二番手に甘んじざるを得なかったのだ。僕は生きていることに罪悪感を覚えると同時に自分のものでない人生に責任を負っているように感じていた！　父のような番人、アッサース、別の身体の夜警なのだ。

僕はこのおかしな埋葬のことも憶えている。とほうもない数の人々、夜遅くまで続く議論、僕ら、子供たちは、電球やたくさんの蠟燭に惹きつけられていた。それから空っぽの墓と不在者のための祈り。四十日間の殯《もがり》のあと、ムーサーは死んで潮に攫《さら》われたのだと宣告された。つまり人々は、溺死者のためにイスラームが想定していた、この不条理な職務を果たしたのであり、そしてみなは散り散りに去って行った。母さんと僕だけを残して。

朝のことだ。毛布をかぶっていてもなお寒く、僕は震えている。ムーサーが死んでから数週間が経っていた。僕には外のざわめきが聞こえる——自転車が一台通り、咳きがちな老人タウィーが咳き込み、いくつもの椅子が軋み、シャッターが上がる。声がするたびに、僕の頭のなかには、女だとか、何歳だとか、心配事やご機嫌、それにその日に干されるだろう洗濯物の種類までが浮かんでくるのだ。誰かがうちの扉を叩く。女たちがマーを訪ねてきたのだ。僕はそのシナリオを暗《そら》んじている。沈黙、そして啜り泣き、それから幾人かと抱擁を交わす。それからまた泣く、そして女たちの一人が部屋を二つに分けていたカーテンを上げ、僕を見て、ぼんやりとほほ笑みかけ、コーヒーの粉か何かの入った瓶を取る。この一部始終は正午頃まで続く。僕はそこで大いなる自由と、少し苛つかせるような不可視性をも享受する。マーが僕のことを思い出してその腕に抱くのは、ようやく午後になってから、オレンジの花の水を染みこませたスカーフを頭に巻く儀式のあと、終わりのない泣き言と長い長い沈黙のあとになってからでしかない。でも僕には分かっている、彼女がそのときに見つけようとするのは僕ではなくてムーサーだってことを。そして僕はされるがままなのだ。

母さんはある意味で獰猛になった。彼女には奇妙な癖ができて、体中をひっきりなしに洗うのだ。可能な限り足繁くハンマームに通い、帰って来れば呆然としてうめき声を出す。シーディー・アブデッラフマーンの墓廟に何度もお詣りした――それはいつも木曜だった。というのも金曜は神の日だったから。その場所には、緑色の、ものすごくきらきらした織物にお香の薫りが混ざりこみ、嘆き声を上げて夫や妊娠、恋や復讐の願掛けをする女たちの息のつまるような匂いが満ちていたのを、僕はぼんやりと憶えている。人の名前や予兆がささやかれる薄暗く微温的な世界。こんな女のことをちょっと想像してごらんよ。自分の部族から引き離され、自分のことを知りもしない男に与えられ、その男はさっさと自分から逃げ出し、死んだ男の母親となり、もう一人の子供は無口すぎて口答えもせず、二度も寡婦となり、生きるためにルーミーの家で働かざるをえない女。彼女は自分の受難が好きになった。誓って言うが、君の主人公が僕の兄のことよりむしろ自分の母親のことでぐずぐずしているときこそ、僕には彼がよく理解できるね。奇妙だろう？ 僕が母さんを好きだったかって？ もちろんだとも。僕らのところでは、母親ってのは世界の半分なんだ。だけど、僕は彼女の仕打ちを決して赦すことはなかった。彼女は僕を恨んでいるようだった。それは僕が結局のところ死を甘受することをずっと拒んでいたからで、それで彼女は僕を罰していたのだ。どういうことだろうね、僕のなかにも抵抗するものがあって、彼女はそれを何となく感じ取っていたのかもしれない。

マーは幽霊を甦らせ、その反対に、近しい者たちを亡き者にし、あふれんばかりの作り話のなかで溺れ死にさせる才に長けていた。誓って言うが、友よ、彼女だったら僕よりずっと巧く、僕ら家族や兄さんの物語を君に語ってくれただろう。読み書きもできない彼女が。彼女が嘘をつくのは、騙そうというつもりからではなく、現実を修正して、彼女の世界や僕の世界を襲う不条理を和らげようとするためだった。ムーサーがいなくなって彼女は壊れてしまった。でも、逆説的なことに、それが彼女に悪い愉しみ、終わりなき喪の愉しみに手を染めさせることになった。長いこと、ムーサーの遺体を見つけた、その息吹や足音を聞いた、その靴の跡を見分けた、と母さんが誓うことなく一年が過ぎることはなかった。長いあいだ、僕はそのことをあり得ない恥だと感じていた——のちには、おかげで僕は母さんの妄想と自分とのあいだに堰を作ることのできることばを習得した。そう、〈ことば《ラング》〉だ。僕が読み、それによって今日僕が自分の意見を述べる、彼女のものではないことば。彼女のことばは豊かで、イメージに富み、生命力にあふれ、はじけるようで、精密でなければ即興的。マーの悲しみはかくも長く続いたがために、それを表現するための新しい言語《イディオム》が必要となったのだ。このことばによって、彼女は預言者のように語り、にわか仕立ての泣き女たちを徴募し、このスキャンダル――夫は空に呑まれ、息子は海に呑まれた――のほかの何ものをも生きることはなかった。僕はこのことばとは別のことばを学ぶ必要があった。生きのびるために。そしてそれは、いま僕が話していることばなのだ。推定十五歳、僕らがハッジュートに撤退した日から、僕は深刻で真剣な学生になった。書物と君の主人公のことばは、物事に別の名前をつけ、僕自身の言葉で世界を秩序づける可能性をようやく与えてくれたのだ。

ほら、ムーサーを呼んでもう一杯つがせよう。夜も更けて、このバーが閉まるまであと数時間しかない。もう時間が無いんだ。

ハッジュートでは、僕はまた木々や手の届きそうな空を発見した。僕はようやく学校に入れてもらい、そこには僕のような原住民《アンディジェーヌ》の子供も何人かいた。そのことが僕にマーと、まるで僕を犠牲に捧げようとしているかのように僕が大きくなり食べるのを彼女が見るときの不安を誘うまなざしを、少し忘れさせてくれた。それは奇妙な年月だった。僕は、通りや学校、働いていた農場にいるときには生きている心地がしたが、家に帰るのは墓や病んだ腹に戻るかのようだった。マーとムーサーがそれぞれのやりかたで僕を待ち構えていて、僕は、復讐のための家族の小刀を研がずに失った時間を正当化し弁解する義務があるようなものだった。街区では僕らのあばら屋は不吉な場所と思われていて、他の子供たちは僕のことを「寡婦の息子」と呼んでいた。みなはマーを気にしていたが、奇妙な罪でも犯したのではないかと疑っていた。そうでもなければどうして町を離れ、こんなところまで来てルーミーの皿を洗っているのだ？　思うに、僕らはハッジュートに着いたときに奇妙な見世物を提供してしまったんだ。新聞の切り抜きを二枚きれいに折りたたんで乳房のあいだに隠した母親と、裸足の上に頭を垂れた少年、そして浮浪者が持ってそうな鞄がいくつか。殺害者の方は、そのころ、栄光への最後の道のりを上っていたことだろう。一九五〇年代のことで、フランス女たちは花柄のミニのワンピースを着て、太陽に乳房を食ませていた。

少しハッジュートの話をしようか？　母さん以外の、僕の周りに住んでいた人たちのことを。ムラーブティーの人たちの姿を思い出す。〈高原地方《オー・プラトー》〉の聖者廟で祭祀を司り、肥沃なミティージャ平野に移り住んだのちは、葡萄を摘み井戸を掃除していた古きしもべたちの一族。エル＝メッラーハもいた。単に「塩の男たち」と訳してもいい、スルタンに頸を刎ねられた仲間たちの頭を保存——つまり、塩漬けに——しなければならなかった古きマグレブのユダヤたちの子孫だ。ほかに僕の少年時代を知っている人はいないかって？もうあんまり分からないな。隣人同士の諍いだとか、毛布や服の泥棒とか、途切れ途切れの記憶しかないんだ。ムラーブティーの息子の一人が、盗みをやったあと、農村保安官が足跡をたどって犯人まで行き着けないように、後ずさって家に帰る方法を教えてくれた！前にも言ったように、あの頃は家の名前なんか生まれた日付と一緒で、あやふやで定まらないものだった。僕はウルド・エル＝アッサースだった。マーはアルマラ、つまり「寡婦」だった。それは性別のない奇妙なステータスで、永遠の喪を、つまり死せる誰かの妻であるよりも死そのものの妻であることを讃えるものだ。

ああ、今日、マーはまだ生きている。そのことは僕にはまったくどうでもいい。誓って言うが、僕は自分自身を恨んでいるんだ。でも彼女のことは赦さない。僕は彼女のモノであって息子じゃなかった。彼女はもう何にも言わない。たぶん、もうムーサーの遺体のうち細切れにできるものが何も残っていないからだろう。僕はいまだに何度も思い出すんだ、僕の身の内に宿る彼女の卑屈さ、お客があったとき僕に代わって話す彼女のやりかた、怒りに我を忘れたときの彼女の力、意地悪さ、狂ったような眼つきを。

彼女の埋葬には君を連れて行こう。

*

夜が空の頂を無限へと向けたところだ。君の目を眩ます太陽がいなくなれば、君が見つめるのは神の背中だ。沈黙。僕はこの言葉が大嫌いだ。いくつもある定義の喧噪が聞こえてくる。世界が黙るたびに、うなるような吐息が僕の記憶を通り抜けていく。もう一杯飲むかい？　それとももう行く？　決めたまえ。まだ飲める時代のうちに飲みたまえよ。数年もすれば、それは沈黙と水になるのだから。ほら、酒瓶の亡霊がまた現れた。ここで僕がよく会う男だよ。まだ若い、たぶん四十路だ。知的に見えるが、彼の時代の確かさとは断絶している。そう、彼はほとんど毎晩ここに来るんだ、僕と同じ様にね。僕はバーの片端に、彼はいわばその反対の端、窓側にいる。いや、振り返っちゃいけない、さもなきゃ消えてしまうからね。

IV

前にも言ったが、ムーサーの遺体はまったく見つからなかったんだ。

母さんはその結果、僕に厳しい輪廻転生の義務を課した。そうして僕が少しばかり逞しくなるや、たとえ大きすぎようとも、故人の服を——彼の肌着やシャツや靴を——僕に着させたんだ。それが擦り切れるまで。僕は彼女から離れてはならなかった。ひとりで散歩に出たり、知らない場所で寝たり、あるいは、僕らがまだアルジェにいた頃だが、海辺に冒険に出たりしてはならなかった。海なんてもってのほかだ。マーは僕にそのあまりに甘やかな吸気を恐れることを教え込んだ——そのおかげで、今日に至るまで、足の裏で波が死に、砂が崩れる感覚は、僕にとっては溺死の始まりに結びついたままなのだ。マーは結局のところ、いつだって、息子の遺体を運び去ったのは波だったと信じたがっていたのだ。僕の身体はそれゆえ死者の〈跡〉となり、僕はこの無言の厳命に服することとなった。僕の生理的な無気力は間違いなくこのせいだろう。確かに僕はそれを知性で休みなく、しかしほんとうを言えば野心もなく補ってきたのだ。僕はしょっちゅう病気になった。そのたび毎に、彼女は僕の身体を、罪を犯さんほど注意深く、僕には分からぬ近親相姦的なものを帯びた熱心さで世話するのだった。ほんのちょっとの擦り傷ですら、まるで僕がムーサー自身を傷つけたかのように咎められた。それゆえ僕は、自分の年頃の健全な悦び、官能の目覚め、青春のひそやかなエロチスムから引き離されていた。僕は無口で内気になった。僕はハンマームやみんなで遊ぶのを避け、冬には外套《ジェッラーバ》を着て視線から身を守った。自分の身体と、自分自身と和解するまで何年もかかった。もっとも、今日ようやくそうなったのかな？　僕はいつも、生きていることの罪悪感から来る態度のぎこちなさを抱えている。僕はいつも腕が麻痺しているかのようで、顔には生気がなく、暗く悲しげな雰囲気をまとっている。いかにも夜警の実の息子らしく、僕は今日になっても少ししか眠らず、よく眠れない——目を閉じると、知らないどこかで自分の名前もなく錨のようにし落ちるのではないかとパニックを起こすのだ。マーは彼女の恐怖を、ムーサーは彼の屍体を僕に伝えたのだ。こうやって母親と死のあいだの罠にはめられた青年に何ができるって言うんだい？

消えた兄さんの情報を求める母さんについて、めずらしく、僕がアルジェの通りに行ったあの日々のことを思い出す。彼女は急ぎ足で歩き、僕はその後ろを追った。迷わないように彼女のハイクに眼を釘付けにして。こうして愉快な親密さが創り出されていた。束の間の優しさの源だ。未亡人の言葉遣いと研究された嘆き節で、彼女は痕跡を収集し、本物の情報と前の晩に見た夢の切れ端とをまぜこぜにしていた。マーがムーサーの友だちの一人の腕にしがみついて、不安げにフランス人街を突っ切って行くのがいまだに目に浮かぶよ、というのも僕らはそこでは闖入者で、母はあの犯罪の証人たちの名を発して、一人ずつおかしなあだ名で読み上げるんだ。「ズバニョーリ」とか「エル＝バンディー」などとね。彼女は「サラマノ」を「サル・マノ」〔汚い手〕と発音した。君の主人公が隣人だったという犬を連れた男だ。彼女は「リモン」こと「レイモン」の首を要求していた。そいつは決して現れなかったし、ほんとうに存在したのか僕は疑っている。やつは、僕の兄の死と、この風俗と娼婦たちと名誉の混迷の起源にあるとみなされているのだ。終いには僕はすべてを疑うようになった。犯行時刻、あの人殺しの眼のなかの塩のこと、そしてときには、兄ムーサーの存在すらも。

　そう、僕らは奇妙な二人組をなして、首都じゅうを歩き回ったのだ！　ずっとあとになって、あの物語が有名な本になってこの国を離れ、僕らが栄光無きまま取り残された頃――母さんと僕はそこに犠牲者《サクリファイエ》を提供したのに――、僕は記憶だけをたよりにベルクール街区を登って行き、同じ捜査をしているふりをして、ファサードや窓辺を探索して痕跡を探すことも幾度となくあった。僕らが疲れ果てて成果も無く帰ってくると隣人たちはおかしな眼で見るのだった。思うに、自分たちの街区で、僕らは同情を誘っていたに違いない。ある日、マーはついにあやふやな手懸かりをたぐりよせた。ある住所を手に入れたのだ。マーは、僕らが自分たちの区域の外に冒険に出るときは、アルジェは恐るべき迷宮であった。マーはしかし、そこを飛びまわることができたのだ。彼女は倦むことなく歩き、墓地や屋根付きの市場を通り抜け、カフェや、視線や大声にクラクションのジャングルを越えて、そしてついに彼女はぴたりと立ち止まり、僕らの目の前の、歩道に面した家に視線を留めた。その日はいい天気で、僕はぜいぜい言いながら彼女に遅れていた。というのも彼女はとても早く歩いたのだ。道すがらずっと、僕は彼女が罵り言葉や脅しの言葉をぶつぶつ唱えながら、神や祖先たちに、あるいは神自身の祖先にかもしれないが、祈っていたのを耳にした。僕は少しばかり彼女の興奮を感じ取っていた。それが正確に何なのかはよく分からないまま。その家は二階建てで窓は閉まっていた——他に取り立てて目につくものはなかった。通りでは、ルーミーたちが警戒のまなざしを僕らに投げかけていた。僕らはとても長いあいだ沈黙したままだった。一時間、いや二時間たったかもしれない。それからマーが、僕のことは気にしないまま、通りを渡って決然として扉を叩いた。フランス人の老女が開けに来た。逆光のせいでその婦人は相手がよく見えなかったが、額に手をかざして、じいっと眺めていた。すると僕には、不安、不可解、終いには恐怖がその顔に書き込まれるのが見えた。彼女は赤くなって眼には恐れを宿し、いまにも叫び出しそうだった。僕はそのとき、マーがこれまで口にした中でもっとも長い呪いの言葉を彼女に吐きつけている最中であることを理解した。彼女は踊り場でとり乱しはじめ、マーを押し返そうとした。僕はマーの心配をし、僕らの心配をした。突如、そのフランス人は階段で崩れ落ち、意識を失った。人々は足を止め、僕は自分の後ろに彼らの影を感じ取った。小さな人だかりがそこかしこにでき、誰かが「警察！」という言葉を発した。女の声がして、アラビア語でマーに、急いで、逃げて、早く、と叫んだ。するとマーははっと我に返り、世界中のルーミーに向かうかのようにして、「おまえたちみんな海に呑まれてしまえ！」と喚いた。それから僕の手をぱっと摑むと、僕らは気が狂ったように走り出した。いったん家に帰り着くと、彼女は沈黙に閉じこもった。何も食べずに寝ることになった。あとで彼女は近所の女たちに、あの人殺しが育った家を見つけ出し、たぶんその祖母を罵倒したのだと説明し、「それか親族の一人、少なくともあいつと同じルーミーヤ〔ルーミーの女性形〕を」と付け加えた。

あの人殺しは、海からそう遠くない街区のどこかに住んでいたが、ずっとあとになって、僕はあいつが一種の宿無しだったことを発見した。確かにカフェの上の二階がかすかに沈み込み、何本かの木にまばらに囲まれた家はあったが、当時その窓は閉じたままだったから、僕が思うに、マーは名も知れぬ、僕らのドラマに関わりの無いフランス人の老女を罵倒したのだ。〈独立〉から長い時間が経ち、新しい借家人がその鎧戸を開け、謎を解く最後の可能性も消えた。つまり君に言いたいのは、僕らはあの殺害者に出くわすことも、この眼で見ることも、その動機を理解することもできなかったということだ。マーはこれでもかというほど沢山の人に聴き取りして回ったから、終いには、まるで手懸かりではなく金をせびっているみたいで、僕は恥ずかしくなった。これらの捜査は彼女にとっては苦しみに対抗する儀式となり、フランス人街を行き来することは、非常識ではあれ、遠出を可能にするものだった。ついに、僕らが海に、この聴取すべき最後の証人にたどり着いた日のことを憶えている。空は灰色で、僕から数メートルのところに、巨大な、僕ら家族の大いなるライバルが、アラブから盗む女〔海〕にしてボイラーマンの青い服を着た畑荒らしを殺す女である海がいた。それはまさにマーのリストに載っていた最後の証人だった。そこにたどり着くや、マーはシーディー・アブデッラフマーンの名を唱え、神の御名を何度も唱え、僕に波から離れているよう厳命してから、腰を下ろして痛むくるぶしを揉んでいた。僕はその後ろに立っていた、犯罪と水平線の巨大さに直面した子供だったのだ。このフレーズを控えておいてくれ、気に入ってるんだ。僕が何を感じたかって？　何も、肌に吹き付ける風のほかはね——秋のことで、あの殺人から一季節あとだった。僕は塩を感じ、波の濃い灰色が見えた。それがすべてだ。海、それは柔らかい、動く縁をもった壁のようだった。遠く、空には、重い白雲が垂れ込めていた。僕は砂の上に落ちているものを集め出した。貝殻、ガラス片、コルク栓、黒っぽい海藻。海は僕らに何も語らず、マーは海岸で打ちひしがれていた、墓に身をかがめているかのように。ついに、彼女は身を起こし、じっと右を、それから左を見つめ、しわがれた声で言い放った。「神がおまえを呪いますように！」。彼女は僕の手を取り、砂浜から引っ張り出した。いつもやってるみたいに。僕は彼女の後を追った。

僕はつまり、幽霊みたいな子供時代を過ごしたんだ。もちろん幸せなときもあったけれど、こんなに長い哀悼のなかでそれが何だっていうんだ？　僕のうぬぼれた独り語りを君が我慢して聞いているのはそんなことのためじゃないだろう。そもそも、君の方からやってきたんだ——まったくどうやって僕らのところまでたどり着いたんだろう！　君がここにいるのは、僕がかつて考えたように、ムーサーかその遺体を見つけ出し、殺人現場を特定し、世界中に君の発見を触れ回ることができると思ったからだ。分かるよ。君は屍体を見つけ出したい、一方僕は、どうにかそいつを厄介払いしようとしてる。それもひとつじゃないんだよ！　だがムーサーの遺体は謎のままだろう。あの本のなかでは、それについて一言も触れられていない。それはあの衝撃的な暴力の否認だ、そう思わないか？　弾丸が発射されるや否や、あの殺害者は顔を背け、彼がアラブ人の生命よりも関心を払うにふさわしいと評価した謎へと向かうのだ。彼はわが道を行く、眩暈と殉教のはざまを。僕の兄〈ズージュ〉、彼はひっそりと舞台から引き戻され、僕の知らないどこかに安置された。見られることも知られることもなく、ただ殺された。彼の遺体は神が自らお隠しになったかのようだ！　裁判のときの警察の調書にも、あの本にも墓地にも、何の痕跡も無かった！　何ひとつ。ときには、僕は妄想を逞しくして、いっそう迷走するんだ。もしかすると僕は、兄を殺したカインかもしれない！　ムーサーを、彼の死んだあと、何度殺して厄介払いしてしまいたいと思ったことか。マーの失われた優しさを取り戻したいと、僕の身体と感覚を取り戻したいと思ったことか……　何にせよ奇妙な話だ。君の主人公が殺し、僕が罪悪感を感じている。彷徨に処せられているのは僕なのだ……

　最後の記憶は、金曜日、バーブ＝エル＝ウェドの天辺での、あの世の訪問のことだ。エル＝ケッタールの墓地のことを言ってるんだ。近くにあった古いジャスミンの蒸留所のせいで「香水商《パルフユムール》」って呼ばれてた。二週に一度、金曜日に僕らはムーサーの空っぽの墓参りに行った。マーはわざとらしく泣き、僕はそれが場違いで馬鹿げたものに思われた。というのもその穴のなかには何もなかったのだから。僕が憶えているのは、そこに生えていたミント、木々、曲がりくねった道、青すぎる空を背にした彼女の白いハイク〔全身を包む女性の服〕。街区の人たちはみんな、その場所は空っぽで、ただマーだけがその祈りと偽りの生の記録《ビオグラフィー》でそこを満たしているのだと知っていた。僕が人生に目覚めたのはまさにそこなのだ。自分が世界に存在することの火を得る権利をもっていることに気づいたのはそこでなのだ――そう、僕はその権利がある！――僕が置かれていた不条理が、屍体が山から新たに転がり落ちる前に頂上へと押し上げることにあり、しかもそれには終わりがなかったにもかかわらず。あの日々、あの墓場で過ごした日々は、僕が初めて世界に祈りを差し向けた日々だった。今日はそれのもっといいバージョンを練り上げている。そこで僕は、漠然と、官能性の一形式を発見したんだ。どう君に説明したらいいかな？　光の角度、強烈に青い空、風もまた、欲求が満たされたあとに感じられる単なる満足よりも悩ましい何かに僕を目覚めさせた。いいかい、僕は十に少し足りないくらいで、その歳じゃあ、まだ母さんのおっぱいにぶら下がっていたんだ。この墓地は、僕にとっては遊び場みたいな魅力があった。僕がある日、もうほっといてくれって無言で喚きながらムーサーを決定的に埋葬してしまったのがそこだってことは母さんには思いもよらなかった。正確に言えばエル＝ケッタールのアラブ人墓地で、今日では汚らしく逃亡者と酔っ払いが棲みつき、僕が聞いた話では、墓の大理石が夜ごと盗まれるのだという。行ってみたいかい？　無駄足になるよ。誰も見つからないし、預言者ユーセフの井戸のように掘られたこの墓の跡ならなおのこと。マーは何の権利も得られなかった。〈独立〉前の謝罪も、〈独立〉後の恩給も。

ほんとうは、すべてを最初から、別の道を通って——たとえば書物を通して——たどり直さなければならないんだ。もっと正確に言えば、君が毎日このバーに持ってきている一冊の本を通して。僕はその本が出てから二十年後に読んで、その崇高な嘘と、僕の人生との魔法のような一致に動揺した。奇妙な話だろう？　おさらいしよう。そこには、一人称で書かれた自白があるだけで、ムルソーを告訴するのにほかには何もなかった。やつの母親は決して存在しなかったし、やつにとってはなおさらのこと。ムーサーはアラブで、ごまんといる同じようなやつらと取り替え可能。一羽のカラスとか一本の葦とか、とにかくそんなものでもよかった。あの浜辺は足跡の下へ、あるいはコンクリートの建物の下へと消えてしまった。天体ひとつを除いては証人もいない――太陽のことだ。原告たちは文盲で町を替えた。とどのつまり、裁判はとんだ茶番、暇な植民者たちの悪徳だった。無人島で出会った男に昨日フライデーを殺したって言われたらどうする？　どうもしないさ。

ある日、僕は映画で、祭壇へ長い階段を上っていく男を見た。そこで彼は何らかの神を鎮めるために屠られることになっていた。彼は頭を垂れて歩む、ゆっくりと、重々しく、まるで疲弊し、敗北し、屈従したかのように、しかし何よりも、まるで、すでにして、その身体から脱け出たかのように。僕は、彼の宿命論に、その幻覚をおこさせるような受動性に衝撃を受けた。おそらく人々は彼が打ち負かされたと考えただろう。僕には、彼がただ単に他処に在ったのだと分かっていた。彼が、重荷として、自らの身体を自らの背に背負うやりかたから、僕はそのことを理解していた。いいかね、この男のように、犠牲者の恐怖よりも荷担ぎ人の疲労のほうを僕は強く感じていたんだ。

*

夜だ。ごらん、この驚くべき町を。すばらしい対位法じゃないか？　何か無限の、巨大なものが、僕らの人間の条件の均衡を取るには必要だろう。僕は夜のオランが好きだ。ネズミが増え、この汚なく不衛生な建物が絶えず塗り直されていても。この時分は、まるで人々はいつも通りの日常を越えた何かを得る権利があるかのようだ。

明日も来るかい？

V

抜け目のない巡礼者としての君の忍耐はたいしたものだ。僕は君のことが好きになってきたみたいだよ。せっかくこの物語について話す機会なんだ……　だけど、男をやりすぎて遅鈍になっちまった老いぼれ売春婦みたいなところがあるんだな、この物語は。羊皮紙に似ていて、世界中に散らばり、乾かされ、修繕されて、見違えるようになったら、そのテクストは無限に繰り返されるだろう――だが君はここにいて、僕のそばに座り、何か新しいこと、未刊の事実を期待している。この物語は君の純粋さの探求にはふさわしくない。誓ってもいい。君の道を照らすには、女をひとり捜さなくちゃならない。死者ではなくてね。

昨日と同じワインを飲もうか？　あの酸っぱいのが、若々しいのがいいんだよ。以前、あるワイン生産者がいかに自分が辛いのかを語ってくれた。働き手を見つけるのは不可能なんだ。その活動は〈ハラーム〉、不正なものだと考えられている。この国の銀行すら敵に回って、彼に融資をしてくれないんだ！　ハハ！　僕はいっつも疑問なんだがね、どうしてワインとの関係はこうもこじれているんだ？　天国には豊富に流れているって話なのに、どうしてみんなこの飲料を悪魔みたいにあつかうのかね？　どうしてこの世で禁じられていて、あの世で約束されているんだい？　酔っ払い運転だからだ。たぶん神様は、人間が神に代わって世界を運転し天国のハンドルを握っているあいだは酒を飲んでほしくないのさ……　ああ、わかった、認めよう、話がちょっとおかしくなったな。僕はいいかげんなことを言うのが好きなんだ。君も分かってきたろう。

君がここにいるのは、とある屍体を見つけ出して君の本を書くためだ。でもね、僕がその物語を知っている――しかも少なからず――としてね、その地理についてはほとんど何も知らないってことは分かっておいてくれ。アルジェは僕の頭のなかでは影でしかない。行くこともほとんどないし、時々テレビで見るくらいだよ、この革命芸術の時代遅れな年老いた女優は。だからこの物語には地理はなくて、すべてはこの国の三つの大きな場に集約されるんだ。つまり町——この町か、はたまた別の町か——、山——攻撃されたり戦争をしたいときに逃げ込むところ——、村、あらゆる個人の祖先だ。誰もが村の女と町の売女を欲している。このバーの窓から見ただけで、僕は土地の人間をこの三つのどれかに分類することができる。つまり、ムーサーが神様に永遠の話をしに山に行ってしまったとき、マーと僕は町を離れて村に戻ったんだ。それがすべてさ。僕が読み書きを覚え、マーの乳房に長いこと挟まれていたムーサー／ズージュの殺害を語った新聞の切れ端が、突如名前を持った一冊の本になるまではそれ以上のことは何もなかったんだ。考えてみたまえ、そいつは世界で一番読まれた本のひとつだ。君の作家が名前をくれてさえいたら僕の兄は有名になっていたかもしれない——ハメドとかカッドゥールとかハンムーとか、ただ名前さえあったなら、ちくしょう！　マーは殉教者寡婦年金をもらえたかもしれないし、僕は有名人の兄のことで空威張りできたかもしれない。だがそうじゃなかった。あいつは兄さんに名前をくれなかった。なぜってそうしなければ、僕の兄はあの人殺しに良心の問題を引き起こしたかもしれないからだ。ひとは名前を持っている人間を簡単には殺せないものだ。

話を戻そう。いつだって元に戻って、基本的なことに立ち帰らなければならない。あるフランス人が、ひとけのない浜辺に寝そべっていたアラブ人を殺す。十四時のことで、一九四二年の夏だ。五発の銃撃に続く裁判。その人殺しは、母親の埋葬の仕方がまずかったのと、余りに無関心そうに彼女について語ったがために死刑になった。専門的には、あの殺人は太陽のせい、もしくは純然たる無為のせいだ。レイモンという名の、とある売女を恨んでいたポン引きの頼みで、君の主人公は脅迫状を書き、話はこじれて殺人によって決着がつくかに思われる。そのアラブ人が殺されるのは、彼が娼婦の復讐をしようとしている、とその人殺しが思いこむせいだ。あるいはひょっとして横柄にもシエスタをしようとしてるかもしれない。僕に君の本をこんなふうに要約されると心穏やかでないかね？　しかしこれこそが剥き出しの真実なんだ。残りは全部、君の作家の天才から出た装飾にすぎない。それで、あのアラブ人やその家族、彼の同胞たちのことは誰も気にしないんだ。監獄を出るや、あの人殺しは一冊の本を書き、それが有名になる。そこでやつは、どうやって神に、司祭に、不条理に反抗したかを語るのだ。君はこの物語をどの方向にも向かわせることができる、そもそも道が決まっていないのだ。これはひとつの犯罪の物語だけれども、あのアラブ人はそこで殺されてすらいない——いやつまり、かろうじて殺されている、指先でそっと殺されているのだ。彼は二番目に重要な登場人物なのに、名前もなければ、顔も、言葉もない。君も少しは分かるだろう、大学の先生なんだから？　この物語は不条理なんだ！　見え透いた嘘さ。もう一杯飲みたまえ、おごるよ。この本のなかで君のムルソーが語っているのは、一つの世界ではなく、一つの世界の終わりのことなんだ。そこでは財産なんて役に立たないし、結婚もほとんど必要じゃない、婚礼には熱意がなく、味覚はぼやけ、人々はもうすでに、旅行鞄の上に座り、虚ろで、頼りなく、病気で腐敗した犬どもにしがみついて、二つ以上のセンテンスを作ったり、四つ以上の単語を一度に話したりすることができなくなっている。自動人形《オートマット》！　そう、それだ。その単語が出てこなかったんだ。僕はあの小柄な女性のことを思い出すよ。あの人殺し作家が非常に上手く描いていた、ある日、やつがレストランで観察していたフランス人女性だ。ぎくしゃくした身振りで、眼は輝き、チックで、勘定を心配してる、自動人形の身振り。ハッジュートのどまんなかにあった大時計のことも思い出す。僕が思うに、あの振り子とあのフランス人女性は双子のようなものだ。〈独立〉の数年前に器械が壊れてしまったみたいなんだ。

その僕にとっての謎はだんだん底知れぬものとなった。いいかい、僕もまた、一人の母親と一件の殺人を背負っている。それが運命だ。僕もまた殺したのだ、この大地の願いに従って、すべきこととて無いある一日に。ああ！　もうこの物語には立ち戻らないと何度心に誓ったことだろう。だが、僕の動作のひとつひとつがその演出、あるいは意図せざる召還なのだ。僕は君みたいな興味津々の若者にようやくこの物語を話すことができるのを心待ちにしていたんだ……

僕の頭のなかでは、世界地図は三角形をしている。上はバーブ・エル＝ウェド、ムーサーが生まれた家がある。下は、アルジェの海の遊歩道に沿った、あの殺人者が決してこの世に生まれ出た場所ではない番外地。そして、そのさらに下には、浜辺がある。もちろん、あの浜辺だ！　それは今日ではもう存在していないか、もしくは別の場所にゆっくりと移動した。何人かの証言によると、かつては、そのはずれに小さな木の小屋が見えたという。〈その家は岩を背にしていて、家の前面を支える基礎杭《ピロティ》はすでに水に漬かっていた。〉その場所の平凡さに、あの犯罪のあとの最初の秋にマーと一緒に下りていったとき、僕は衝撃を受けた。もう君には話したな、このシーンは、僕がマーと、海辺で、僕は後ろにさがっているよう命じられ、彼女は波に立ち向かって、呪いの言葉を吐いていた。この印象を、海に近づくたびに僕は抱く。始めはちょっとした恐怖、心臓が脈打ち、それからほどなく、失望。まるでこの場所がただ単に狭すぎるみたいに。まるで人々が、歩道の端の食料品店と床屋のあいだに、無理矢理『イーリアス』を詰め込もうとしたみたいに。そう、あの犯罪現場は実際には恐ろしく期待外れだった。僕の兄ムーサーの物語は、僕に言わせれば、地上のすべてを必要としているんだ！　それからというもの、僕は狂った仮説を培っている。ムーサーはこの有名なアルジェの浜辺で殺されたんじゃない！　隠された別の場所が、消された舞台《シーン》があるはずだ。そうしたら、とたんに、すべての説明がつく！　どうしてあの殺人者が、死刑判決のあと、執行されたあとですら釈放されたのか、どうして僕の兄は決して発見されないのか、どうしてあの裁判はアラブ人を殺した男よりもむしろ自分の母親の死に涙を流さなかった男を裁くことにしたのかが。

　僕はときおり、犯行時刻きっかりにあの浜辺を捜索しに行こうと考えた。それはつまり夏のこと、太陽があまりに大地に近づいたがために人を狂わせ血に駆り立てかねない頃だが、そんなことは何の役にも立たないだろう。同じだけ海は僕を不快にする。僕は決定的に波が怖い。水に漬かりたくないんだ、水は僕をあまりに速く貪り尽くす。「マールー・フーヤ、マールー・マージャーシュ。エル＝ブハル・エッダーハ・アリーヤ・ラーハ・ウ・マー・ウェッラーシュ。」僕はこの、ここの古い歌が好きだ。ある男が、海に攫《さら》われた兄弟を歌っている。頭に光景が浮かぶよ、僕はちょっと飲むのが速すぎたようだね。ほんとうなのは、僕はもうそれをやったってことだ。六回も……　そう、僕は六度も行ったんだ、あの浜辺に。しかし何一つ見つからなかった。薬莢も足跡も、証人も、岩にこびりついた血も。何にもだ。何年ものあいだ。あの金曜日までは――それは十数年前のことだった。僕があれを〈見た〉日までは。岩の下、波から数メートルのところに、僕は突如、あるシルエットが日影になった薄暗い隅と混じり合っているのを見たんだ。僕は長いこと浜辺を歩いていた。太陽に打ちのめされ、日射病や失神に雷撃されて、君の作者が語ることを少し生きなおしたいという欲望があったのを憶えている。そのときもたらふく飲んでいたのは認めるよ。太陽は天の裁きのように圧倒的だった。それは砂と海の上で針のように砕け散るも、決して汲み尽くされることはない。あるとき、僕は自分がどこに向かっているのか分かっている気がした。だがそれはたぶん間違っていただろう。それから、浜辺のずっと先に、岩の後ろで砂の上に流れ出している泉を見つけたんだ。そこで僕は〈一人の男〉が、ボイラーマンの青い服を着て暢気に寝そべっているのを見た。恐れつつ魅了されつつ、僕は彼を見つめた。彼の方は僕がほとんど目にもとまらないようだった。僕らの片方は執拗な亡霊で、影は深い黒色をして、鬮のさわやかさを持っていた。それから……　それからそのシーンは愉快な妄想に切り替わったように思われた。僕が手を上げると、影も同じことをする。一歩横に動けば、振り返って重心を移す。そこで僕が動きを止めると、心臓は狂わんばかりで、自分が馬鹿のように口を開けっ放しだったことに、銃もなければ、ナイフも持っていなかったことに気づいた。僕は大粒の汗を流し、両眼はそれで火傷しそうだった。近くには誰一人おらず、海は無言のままだった。それが何かの反射《ルフレ》だとはっきり分かっていたが、誰のものだか分からなかったのだ！　僕がうめき声を出すと影はぐらついた。一歩下がると、影も下がった。妙にひっこみ思案になったみたいに。僕は仰向けに寝て、寒さに震えながら、粗悪なワインのせいでぐったりしていた。十数メートル後ずさってから、泣き崩れた。ああそうなんだ、僕はムーサーが死んで何年もしてから涙を流したんだ。それが起こった現場で犯行を再現しようとするのは、行き止まりに、亡霊に、狂気に行き着くんだ。それで何を君に言いたいかというと、墓地とか、バーブ・エル＝ウエドとか、浜辺とかに行く必要はないってことだ。何も見つからないだろうからね。僕がもうやったんだ、友よ。最初から言ってただろう、この物語はどこか頭のなか、僕のか君のか、あるいは君に似た人たちの頭のなかの、どこかで起こっているんだ。一種のあの世でさ。

つまり、地理的なことを探ってはいけないってことだよ。

君がこの物語が原初の語り《レシ》に似ているという着想を受け入れてくれたら、これらの出来事についての僕の解釈《バージョン》がもっとよく摑めるんだけどな。カインはここに来て、町や道路を造り、人々を、土地を、根を飼い慣らした。ズージュは貧しい親類で、憶測のとおりだらしない姿勢で寝転がり、何も所有していなかった。欲望をそそり殺人の動機になりかねない羊の群れすらも。ある意味では、〈君の〉カインが〈僕の〉兄を殺したのには……理由もなかったんだ！　その家畜を奪おうとしたからでさえなかった。

ここらで止めておこうか、君にもじゅうぶん一冊の本が書けるだけのものがあるだろう？　あのアラブ人の弟の話だ。もうひとつのアラブの物語。君は罠にかかっている……

＊

ああ、あの亡霊、僕の分身……　彼は君の後ろにいるよ、ビールを飲んでいるかな？　僕はあいつの術策に気づいた、僕らにだんだんと近づいてるんだ、そしらぬ顔で。ほんとに馬鹿なやつ。いっつも同じ儀式だ。あいつは新聞を広げて、最初の一時間はそれを熱心に読む。それから、三面記事を切り抜く――殺人事件だろうな、というのも僕は一度、彼がテーブルの上にほうっているのをちらっと見たことがあるんだ。それから、飲みながら窓の外を見つめている。すると彼のシルエットの輪郭がぼやけ、彼自身が半透明になり、ほとんど消えてしまう。まるで映った像《ルフレ》のように。みんな彼を忘れてしまい、バーが混んでいるときはほとんど彼をよけもしない。みんな彼が話すのを聞いたこともなかった。給仕は彼の注文を推測しているようだ。彼はいつも同じ肘が擦り切れた古いベストを着て、広い額にはあの前髪が同じように垂れ、明晰さで凍りついたあの眼つきをしている。彼のタバコも忘れちゃいけない。上方に捻れて伸びる細やかな渦巻き《ヴォリュート》によって彼を天上につなぐ、永遠のタバコ。何年も隣人関係にあって彼はほとんど僕を見たことが無い。ハハ、僕は彼のアラブなんだ。それか、彼の方が僕のアラブ人だ。

おやすみ、友よ。

VI

僕は、マーがタンスの上に隠したパンをくすねて、彼女が呪いの言葉をつぶやきながらそれを探し回るのを見ているのが好きだった。ある晩、ムーサーが死んでから数カ月後、僕らがまだアルジェに住んでいたころ、僕は彼女が寝静まるのを待って、貯蔵箱の鍵を盗み出して、そこに入れてあった砂糖をほとんど全部食べてしまった。翌朝、彼女は取り乱し、ぶつぶつ言い、それから顔を引っ掻きながら自分の運命を嘆き始めた。夫はいなくなり、息子は殺され、もう一人の息子はほとんど残酷な悦びをもって私を見つめている。ああ、そうとも！　僕は憶えている。僕は彼女がほんとうに苦しんでいるのを見て、一度だけ、奇妙な喜悦を覚えたことがあった。彼女に対して僕の存在を証し立てるためには、僕は彼女の期待を裏切る必要があった。宿命のようなものだ。この絆が僕らを死よりも深く結びつけたのだ。

ある日、マーは僕を街区のモスクに行かせようとした。そこは、ある若い導師《イマーム》の権威のもと、多かれ少なかれ託児所の役割を果たしていたのだ。夏のことだった。マーは僕の髪を引っ摑んで道まで連れ出さねばならなかった。太陽はかなりきつかった。僕は狂ったようにもがいてその手を逃れ、彼女を罵った。それから、僕を懐柔しようと彼女がくれたばかりの葡萄の房を持ったまま走り出した。逃げるときに、僕は躓《つまず》き、転んだ。それで葡萄の実はつぶれ埃まみれになった。僕は体中から涙を絞り出して泣き、結局はしょげかえってモスクに行った。自分でもどうしてだか分からないが、イマームに悲しみのわけを問われると、ほかの子が僕を小突いたせいにした。思うにこれが僕の初めてついた嘘だった。わが楽園の果実を盗んだ経験。というのも、このときから、僕は狡猾で悪賢くなり、成長を始めたからだ。ところで、この最初の嘘は、ある夏の日についたのだ。まったくあの殺人者と同じように——退屈し、孤独で、自分自身の足跡に関心を寄せ、堂々巡りし、アラブ人たちの死体を踏みにじりながら世界の意味を探している君の主人公のように。

〈アラブ〉、僕は自分がアラブだと感じたことは一度もないんだよ。ちょうど黒人性《ネグリチュード》が白人のまなざしによってしか存在しないようにね。あの街区では、つまり僕らの世界では、みんなムスリムで、名前や顔、しきたりを持っていた。それはまあいいとして、あいつらは「異邦人」だった。神がルーミーたちを寄越したのは、僕らに試練を与えるためだったんだが、いずれにせよ、彼らの時間はカウントをとられていた。彼らはいつの日かいなくなるだろう、そのことは確かだった。だからこそ、みんなはやつらに答えなかったし、やつらの存在に口をつぐんで、壁にもたれて待っていたのだ。君の殺人作家は間違ったんだよ、僕の兄とその連れはあいつら——あいつとポン引きの友だち——を殺すつもりなんて欠片《かけら》もなかった。彼らはただ待っていたんだ。どいつもこいつもいなくなるのを、あの女衒と数千のご同類たちがね。みんな知っていたんだ、ほんの子供の頃から。だからそのことについて話す必要なんてなかった、やつらは最後には出て行くんだと分かっていたから。僕らはヨーロッパ人街区に行くことがあると、家々を指さして戦利品として山分けする遊びをやってさえいた。「あっちは僕の、僕が最初にタッチしたんだから！」と僕らのうちの一人が叫ぶと、競りのような大騒ぎが起こった。五歳のときだ、すでにね！　すごいだろ？　まるで〈独立〉で何が起こるか直観的に分かっていたみたいだった、武器が無くてもね。

つまり、僕の兄が「アラブ人」になってそのために死ぬには君の主人公のまなざしが必要だったのだ。あの呪われた一九四二年の夏の朝、ムーサーはこう告げた――僕がもう君に何度も言ったように――いつもより早く帰ると。そのことに僕はいささか不満だった。通りで遊ぶ時間が少なくなるということだからね。ムーサーはボイラーマンの青い服とエスパドリーユを身につけていた。彼はカフェオレを飲み、今日みなが手帳をめくるようにして壁を眺め、それからいきなり立ち上がった――おそらく、最終的な道筋と友だちの誰それと会う時間を決めたのだ。ほとんど毎日がこの調子だった。朝出かけていって、港や市場で仕事がなければ、長い無為の時を過ごす。ムーサーは後ろ手に扉をばたんと閉め、母さんの問いかけには答えないままだった。「パンを持って帰ってきてくれるかい?」

とくに僕の胸をえぐる点はだね、どうして兄さんがこの浜辺にいたのかってことだよ。僕らには分かりっこないだろう。この詳細は途方もない謎で、眩暈を起こさせる。それから、どうやったら人間が次々に自分の名前を、命を、自分自身の屍体をたった一日で失うなんてことがありえるのかって、疑問に思うんだ。とどのつまりはそういうことなんだよ。この物語は――もったいぶった言い方をさせてもらえば――あの時代のすべての人たちの物語なんだ。自分の身内にとっては、自分の街区では、みんなムーサーだった。でもフランス人街に数メートル入り込むだけで、やつらひとりのまなざしひとつだけで、名前から始まってすべてを失い、風景の死角に漂うことになるのには十分だった。実際、あの日、ムーサーは、言ってみれば、太陽に近づきすぎた以外には何もやっていないのだ。彼は友だちのひとりを見つけなければならなかった。ラルビーとか何とかというやつで、笛を吹いていたのを憶えている。ところがこのラルビーがまったく見つからなかった。そいつは僕の母や警察、いくつもの物語やこの本の物語すらも避けるために街区から姿を消したんだ。その名前しか残らなかった。「ラルビー／ララブ」〔冠詞付きのアラビア語／フランス語でアラブ人を指す〕という奇妙な響きだ。この偽の双子ほど無名のものもなかった……　ああそうだ、娼婦が残っている！　僕がその話を全然しないのは、それがまさに侮辱というべきものだからだ。君の主人公が作りあげた物語。食いものにされた売女の兄貴が復讐しようとしているだなんてありそうもない話を、あいつはでっちあげる必要があったのか？　君の主人公が、新聞の切れ端から悲劇をでっちあげたり、火事から皇帝の狂った精神を甦らせたりする才能があるのは認めるがね。でも正直なところを言えば、僕は失望した。どうして売女なんだ？　ムーサーの思い出を侮辱し、彼を汚し、そうやって自分自身の過ちの重さを軽減しようとしているのか？　今日では僕はそれを怪しんでいる。それ以上に、抽象的な役柄をいきいきと描き出したのはある捻れた精神の意思が働いているのだと信じているのだ。この国の大地は、二人の想像上の女の形をしている。この世のものとも思えない無垢の温室のなかで育てられたあの有名なマリーと、顧客や通行人たちに耕された我らが土地のぼんやりとした姿で、不道徳で暴力的なポン引きの囲われものになってしまった、ムーサー／ズージュの妹なる女だ。アラブの兄がその名誉のために仇を取ってやらねばならなかった売女。数十年前に君が僕に会っていたら、僕は君に〈娼婦／アルジェリアの大地〉と彼女に繰り返し暴行と暴力を加える植民者《コロン》、というバージョンを語って聞かせただろう。だが、そこからは距離を取ったんだ。妹なんていなかったからね、ズージュ兄さんにも僕にも。これ以上言うことは無いな。

僕は絶えず自問し続けた、何度も何度も。いったいなぜムーサーはあの日、あの浜辺にいたのかと。僕には分からない。無為というのは安易な説明で、運命というのはあまりに大げさな解釈だ。たぶん、良い問いかたとは結局のところ次のようなものなのだ。〈君の〉主人公はあの浜辺で何をやっていたのか？　あの日だけではなくて、ずっと昔から！率直に言えば、一世紀も前から。いや、信じてくれ、僕はそういった類いの人間じゃない。

あいつがフランス人で僕がアルジェリア人だってことは僕には大した問題じゃない。ムーサーはあいつよりも先に浜辺にいて、君の主人公の方が彼を探しに来たんだってことを除けばね。あの本のその段落を読み直してごらん。あいつ自身が、ちょっと道に迷ってほとんど偶然二人のアラブに出くわしたって認めているから。僕が言いたいのは、君の主人公には、こんな殺人的な怠惰へと自身を導くことにはならなかったはずの人生があったということだ。あいつは有名になりかけていたし、若くて、自由で、給料取りで、物事を正面から見据えることができた。あいつはもっと早くパリに移り住んだりマリーと結婚したりすべきだった。どうしてあいつは、まさしくあの日にあの浜辺に来たんだ？　わけが分からないのは、あの殺人だけじゃなくて、あの男の人生もだ。この国の光をすばらしく描いたのは一人の屍体だが、神々もいなければ地獄もないあの世に留め置かれているんだ。眩いばかりのルーティンの他には何もない。あいつの人生？　あいつが殺したり書いたりしなければ、誰もあいつのことなんか憶えていなかっただろう。

もう一杯飲みたいな。彼を呼んでくれ。

おい、ムーサー！

今日、数年前がすでにそうだったように、自分の収支計算を書き出してゆくと、僕はちょっと唖然としてしまう。まずもってあの浜辺は実際には存在しない、次にあの自称ムーサーの妹はアレゴリーだか単なる今際のきわの下手ないいわけで、ついにはあの証人たちも、ひとりひとり、彼らが偽名で、偽の隣人、思い出や、あの犯罪のあとに逃げだしたやつらだと判明するだろう。リストには二組のカップルと一人の孤児しか残っていない。一方は君のムルソーとその母親、もう一方がマーとムーサーだ。そしてそのまんなかに、この二組のどちらの息子にもなれない僕が、このバーに座って君の注意を保とうと頑張っているんだ。

君の熱意を見るに、その本の成功はいまだに揺るぎないね。だが何度も言うけれども、僕はそいつをひどい騙《かた》りだと考えている。〈独立〉のあと、僕は君の主人公の本を次々に読めば読むほど、母さんも僕も招かれていないパーティールームの窓ガラスに顔を押しつけているような気になった。すべてが僕たち抜きで行われた。僕らの喪も、そのあとに僕らに起こったこともその痕跡すらない。何にも無しだ、友よ！　太陽がいっぱいの同一の殺人に世界中が永遠に立ち会い、誰も何も見ず、僕らが遠ざかるのを誰も見なかったのだ。それにしてもだよ！　ちょっとばかし怒ってもいいだろう、違うかい？　君の主人公があれを本にするなんてことまでせずにせめて自慢するだけで留めていたなら！　あの頃は、あいつみたいなのは何千人もいたんだ。でもあいつの才能こそがその犯罪を完璧なものにしたんだ。

*

ほら、今夜はまたあの亡霊がいない。二晩続けてだ。きっと死者たちを案内しているか、誰も理解できない本を読んでいる最中なんだろう。

Ⅶ

いや結構、カフェオレは好きじゃない！　この混ぜるのが嫌なんだ。

だいたい、僕は金曜日も好きじゃないんだ。金曜はだいたいアパルトマンのバルコニーで通りや人々、それにモスクを眺めて過ごす。そのモスクはとっても荘厳なものだから、僕なんざそれが神を見る妨げになっている気がするね。僕はあそこの四階に住んでるんだ、二十年前からかな。何もかも荒れ果ててるよ。バルコニーにもたれかかって小さな子たちが遊んでいるのを観察しているとね、新しい世代が——いつだって彼らの方が数が多くってね——上の世代を崖っぷちに追いやるのを生で見ているような気になるんだ。恥ずかしいことだが、僕は彼らに関しては憎しみを感じている。彼らは僕から何かを盗み取るんだ。昨日は、僕はぜんぜん寝付けなかった。

お隣さんは姿を見せない男で、週末ごとに、頭が割れんばかりの大声で一晩中コーランを朗唱するって決め込むんだ。なんぴとたりとも彼に止めてくれって言う勇気はない、というのも彼が喚かせているのは神なのだから。僕だって到底口は出せないよ、この団地じゃまったくのはみ出し者だからね。彼の声は鼻にかかった、おべっか遣いの嘆き節だ。拷問人と犠牲者の役を順繰りに演じているみたいなもんさ。コーランの朗唱を聞くと僕はいつもこんな印象を受ける。一冊の本が問題なんじゃなくって、ひとつの天とひとつの被造物のあいだの諍いが問題だと感じるんだ！　宗教というのは、僕にとっては自分の乗らない集団交通機関みたいなものだ。僕だってこの神様のもとに行きたいし、必要なら歩いて行くけど、団体旅行はごめんだね。僕が金曜日が嫌いなのは〈独立〉以来だと思うな。僕が信徒かって？　天の問題はある明白な事実によって解決したんだ。つまり、僕の条件について喋々《ちょうちょう》する者たち――天使の群れや神々、悪魔たちや数々の書物――のはざまで、僕はたったひとりで苦しみを、死に、働き、病む定めを味わわねばならないのだと、とても若いうちに悟ったのだ。僕はたったひとりで電気料金を支払い、最期には蛆虫に食われるのだ。ほらそれでおしまい！　そういうわけで、僕は宗教とか服従とかが嫌いなんだ。地面に足をつけたこともなければ、空腹を感じたことも、生計を立てる努力も知らない父親のあとを追おうと思ったりするもんかね？

僕の父親だって？　おやおや僕は彼について自分が知ってることは全部君に話したぜ。僕は、みんなが住所を書くみたいにして、小学校のノートにこの名前を書くのを覚えたんだ。知ってるのは家名ひとつ。他には何の痕跡もないよ、古い上着とか写真一枚すらない。顔立ちや性格がどんなだったか僕に話したり、父に肉体を与えたり、ささいな思い出を僕に語ったりするのをマーはずっと拒否してきた。おまけに僕には父方の叔父や部族がいなかったから、そこから父の顔を描いてみることもできなかった。ぜんぜんね。小僧の頃は、ちょっとムーサーみたいな人を、ただもっと大きくして想像したりしたもんさ。途方もない巨人で、宇宙的な怒りの持ち主、世界の果てに座して夜警の仕事を執行するんだ。僕の仮説では、父は倦怠もしくは無気力のために逃亡した。結局のところ僕もたぶん彼みたいなものだった。僕は自分自身の家族から、それを持つ前に去った。というのも結婚しなかったからだ。もちろん、僕はたくさんの女たちの愛を知ったさ、でもそれが僕を母さんに縛り付けていた重く息苦しい秘密を解きほぐすことはない。独身を通したこの年月ののち、僕は次のような結論に至ったんだ。僕は女性に関して強力な猜疑心を育んできたのだと。根本的に、僕は彼女たちを信じたことは一度もない。

母親《ラメール》、死《ラモール》、愛《ラムール》、みながこの魅惑の極のあいだで、区々に引き裂かれている。真実なのは、女たちは僕自身の母親や、僕が彼女に対して感じていた内にこもった怒りから僕を解放することもできなかったし、長いあいだ至る所で僕について回った彼女のまなざしから僕を守ることもできなかったということだ。無言のまなざし。まるで、どうして僕がムーサーの遺体を見つけなかったのか、どうして僕が彼の代わりに生き残ったのか、どうして僕がこの世に生まれてきたのか、と僕に問いかけるように。さらに当時は慎み深さが強く要求されていたことを考えないといけない。手の届く女たちは滅多にいなかったし、ハッジュートのような村では、顔をさらした女性に出会うことは不可能で、話しかけるなんてもってのほかだった。近隣には従姉妹もいなかった。僕の人生で、唯一恋物語と言えないこともないのはメリエムと過ごしたことだろう。彼女は僕を愛し、僕を生き返らせるだけの辛抱強さをもった唯一の女性だった。僕が彼女に出会ったのは一九六三年のちょうど夏になろうとする頃、誰も彼もが独立後の熱気に浮かされていて、いまだに憶えている彼女の乱れた髪や情熱的な眼は、くり返し見る夢のなかで時おり僕を訪ねてくる。メリエムとの物語から僕が悟ったのは、女たちは僕の道から外れ、迂回をするかのようにして、まるで本能的に、僕が他の女の息子であり潜在的な道づれではないことを感じ取っているということだった。僕の肉体もまた、ほとんど助けにはならなかった。僕の身体のことを言っているんじゃなくて、女というものが他者のうちに見て取り欲望するもののことだよ。女たちには未完成なものを見抜く直観があって、青春の惑いをあまりに長く引きずっている男たちを避けるんだ。メリエムは僕の母に挑戦しようとした唯一の女だった。たとえ彼女が母にほとんど会ったこともなく、僕の沈黙や逡巡にぶつかりながらでしか母を実際に知ることがなかったとしても。その夏のあいだ、彼女と僕は十数回会った。そのあとは文通が数カ月続き、やがて彼女が僕に書かなくなるとすべては溶けて消えた。たぶん死か、結婚か、住所変更のために。ありえないことじゃない。僕は自分の街区の年取った郵便配達人を知っていたが、そいつは終いには牢屋に入れられた。一日の終わりに、配達し損ねた手紙を捨てていたからだ。

今日は金曜日。僕の暦では死に最も近い日だ。人々は着替え、おかしな服装をして、寝巻姿のままで通りをぶらついたり、昼日中というのにスリッパ履きで、まるでこの日には礼儀をわきまえずともよいかのよう。僕らのところでは、信仰は内的な怠惰を煽り、金曜毎に人目を引くほどのだらしなさを許可するのであり、あたかも男たちはしわくちゃの無精な身なりで神のもとに向かうかのようだ。人々の服装がどんどん悪くなっているのに気づいたかい？　手入れもされてなければ優雅さもなく、色合いの調和も考えられちゃいない。何にもだ。僕みたいな、赤いターバンやチョッキ、蝶ネクタイやきらきらした美しい靴を愛好する老人たちはどんどん珍しくなっている。公園といっしょに消えていってるみたいだ。僕が一番嫌いなのは礼拝の時間だ——それは子供の頃からなんだが、ここ数年はとくにね。拡声器を通して怒鳴り散らすイマームの声、脇の下に丸めた礼拝用の絨毯、雷鳴のように轟く尖塔《ミナレット》、騒々しい建築のモスクの水場に向かう信者たちの偽善的な急ぎ足と不誠実、お浄めや朗誦。金曜日には、そこら中でこの見世物に出くわすさ、友よ。君はパリから来たんだろう。何年も前からほとんどずっと同じ光景だよ。ご近所さんたちが目覚め、だらだらした歩き方にゆっくりとした仕草、そのかなり前から目覚めている子供たちは僕の身体にたかる蛆虫のように蠢き、何度も何度も新車を洗う人がいて、この永遠に続く一日のあいだに無益に巡る太陽と、洗うべき睾丸と朗誦すべき章句となった一個の宇宙全体の無為のほとんど肉体的な感興。僕は時々思うのだけれど、マキ〔レジスタンスが潜む山岳地帯や森林地帯〕に行けないなら、あの人たちは自分自身の土地でどこにも行き場所がないんじゃないかな。

金曜日？　そいつは神が休息をとった日じゃない、それは神が逃げ出してもう決して戻らないと決めた日なんだ。僕がそのことを知るのは、男たちの祈りのあとに残っている空っぽの響きや、祈願のガラスに貼りついた彼らの顔に、そして不条理への恐れに熱情をもって答える人々の顔色に。僕はというと、天に向かって聳えるものは好きじゃなくて、重力を分かち合うものだけが好きなんだ。あえて言えば、宗教ってものが嫌いなんだな。あらゆる宗教がね！　というのもそれは世界の重さを歪めてしまうからさ。時おり、僕と隣人を隔てている壁に穴を開けて、彼の首をひっ摑んでそのめそめそした朗誦をやめろって、世界を受け入れて、自分自身の力と尊厳に目を見開き、天国に失踪してもう戻ってこない父親のあとを追うのはやめろって怒鳴ってやりたいと思うことがある。ほら、あそこのグループをちょっと見てごらんよ。頭にヴェールをかぶった娘っこがいるけど、彼女はまだ肉体がどんなものか、欲望がどんなものかも知りもしないんだ。あんなやつらをどうするんだい？　ええっ？

金曜日は、バーが全部閉まるから僕は何もすることがない。人々は僕を興味津々で眺めている。なぜってこの歳にもなって、僕は誰にも祈らないし誰にも手を差し伸べたりしないから。神を近くに感じることなく死のすぐ近くにいてはならないのだ。「彼らをおゆるしください、神よ、彼らは自分のやっていることが分からないのですから。」 僕は全身で、両手で、僕が唯一人で失うこの生命に、僕が唯一の証人である人生にしがみついている。死については、僕は数年前にそれに近づいたが、それが僕を神に近づけることは決してなかった。それはただ、もっと強力な、もっと貪婪な意味がほしいという欲望を僕に与え、僕自身にある謎の深みを増しただけだった。彼らはみな死に向かって一列に並んで行くが、僕はと言えばそこから戻ってくるんだ。それで、あちら側は、太陽の下に、ただ空っぽの浜辺があるだけだって僕は言えるんだ。もし神と会う約束があるのだとしたらどうしようか？ そしてその道すがら、車を修理するのに手助けがいる男に行き会ったらどうしようか？ 分からないな。僕はその車が故障したやつの方で、聖性を探し求める通行人の方じゃない。もちろん、団地では、僕は黙ったままで、隣人たちはこの独立心を好いていないし羨んでいる——それで僕にそのツケを払わせたいんだ。子供たちは僕が近づくと口を閉じるし、他の奴らは僕が通りかかるともごもご悪口を言いながら、僕が振り返ったら逃げだそうとしている腰抜けだ。数世紀前なら、僕は自分の確信とゴミ捨て場で見つかった赤ワインの瓶のせいでたぶん火炙りにされただろう。今日では、やつらの方が僕を避けている。僕はこの蟻のようなやつらとその混乱した希望に対してほとんど神がかった憐憫を覚えているんだ。神があるひとりの男に話しかけ、その男は永久に押し黙ってしまったなんて、どうしたら信じることができよう？　僕は時々彼らの本を、〈啓典〉をめくってみる。するとそこに見いだされるのは奇妙な冗長さ、くり返し、泣き言《ジェレミアッド》、脅しに夢想で、僕にはまるで年老いた夜の番人、〈アッサース〉の独り言を聞いているかのような気になるんだ。

　ああ、金曜日め！

　バーの亡霊はさ、僕の話をもっとよく聞こうとするかのように、僕の物語を僕から盗んでやろうとするかのように、僕らの周りを好き勝手にうろちょろしているあいつはさ、僕はしょっちゅう疑問に思うんだが、いったいぜんたい自分の金曜日をどうしてるんだろうな。浜辺に行くのかね？　映画館かな？　あいつにも母親がいるのかね、あるいは好き好んで抱きしめるような女が？　すばらしい謎じゃないかね？　君は気づいたかい？　金曜日にはあまねく、天はたわんだ船の帆のごとくになり、店は閉じ、正午頃には、宇宙全体が脱走に見舞われることを。その時、僕のせいかもしれない内的な過ちについての一種の感情が僕の心に突き刺さるんだ。僕はハッジュートでこれでもかとこの恐るべき日を過ごして、そのたびごとに誰もいなくなった駅に永遠に閉じ込められた気になった。

僕は何十年も、自分のバルコニーから見てきたのだ――この民が殺し合い、立ち上がり、長いこと待ち続け、自分自身の出発を何時にするか迷い、首を振って否定し、自分自身に話しかけ、疑り深い旅行者のように大慌てでポケットのなかを探り、腕時計の代わりに空を見上げ、それから奇妙な崇拝に屈して穴を掘り、自分の神に早く出会えるようにそこに身を横たえるのを。これでもかこれでもかというほど見てきたので、今日では、僕はこの民をひとりの人間とみなして、長すぎる議論をともにすることを避け、敬意ある距離を保っているんだ。僕のバルコニーは団地の共有スペースに面している。壊れた滑り台、痛めつけられひもじそうな木々、汚い階段、風で脚に絡みついたビニール袋、似たり寄ったりの洗濯物にごてごてと彩られたほかのバルコニー、貯水槽、パラボラアンテナ。まるで慣れ親しんだミニチュアのように、隣人たちは僕の眼下に動き回っている。口髭を生やしたとある退役軍人は、無限に引き延ばされた悦びのなかで、ほとんどマスターベーション的に洗車しており、また別の退役軍人は真っ茶色の髪の悲しそうな眼をして、婚礼や埋葬で椅子やテーブル、皿や電球などを貸し出すのを、ひそかに仕事としている。足取りのおかしな消防士もいて、定期的に妻を殴り、明け方には、アパルトマンの踊り場で――彼女がいつも最後には彼を追い出してしまうからなのだが――、自分の母親の名前を喚きながら許しを請い始めるのだ。こんなことのほかには何もないんだ、神よ！　いやなに、こういうことは全部君もご承知だろうがね、たとえ君が自分で言うように何年も国外追放されているのだとしても。

こういうことを僕が君に話すのは、これが僕の宇宙の片面だからなんだ。僕の頭のなかの目に見えないもう一つのバルコニーは、赤熱の浜辺のシーンに、ムーサーの遺体のありえない痕跡に、そしてタバコだか拳銃だか——ほんとうに僕にはわからないのだが——を持っている男の頭の上に照りつける太陽に面している。遠くからそのシーンが見える。その男は褐色の肌をして、少しばかり長すぎるショートパンツを穿いており、その体つきはいささかか細く筋肉をこわばらせる盲目の力に突き動かされているかに見える——まるで自動人形のように。隅には、別荘の基礎杭《ピロティ》があり、もう片隅には、この宇宙を締めくくる岩がある。それは、蝿がガラスにぶつかるように僕がぶつかる不変のシーンだ。そこに入り込むことは不可能。僕がそこに足を踏み入れて砂の上を走り、物事の秩序を変えることはできない。そのシーンを何度も何度も見て僕が何を感じるかって？　七歳だったときと同じものさ。好奇心、興奮、スクリーンを突っ切りたい、偽の白ウサギを追いかけたいという思い。悲しみ、というのも僕はムーサーの顔をはっきりと見分けられないから。怒りも。それにいつだって、泣きたい気持ち。感情はゆっくりと歳を取る、肌よりもゆっくりと。ひとが百歳で死ぬとしたら、そのひとは、六歳の頃、夜、母親が明かりを消しに来たときにおそわれた恐怖以上のものはたぶん何も感じないだろう。

この、何ものも動かないシーンのなかでは、君の主人公はもう片方の主人公に、僕が殺した方に何も似てはいない。彼は太っていて、ぼんやりとした金髪、大きな隈があって、いつも同じチェックのシャツを着ていた。もう片方が誰かって？ 腑に落ちないかい、だろうね。いつだってもう片方がいるもんだよ、君。愛でも、友情でも、列車のなかですらね。もう片方が目の前に座って見つめるてくるか、それか背中を向けてこちらの孤独の展望《パースペクティヴ》を穿ってくるんだ。

だから僕の物語のなかにも、もう片方がいるんだよ。

Ⅷ

僕は引き金を引いた、二回撃った。二発の銃弾。腹に一発、首にもう一発。合計で七発だ、と不条理にもすぐさま僕は考えた。(最初の五発はムーサーを殺した弾で、二十年前に放たれたものだった……)

マーは僕の後ろにいて、僕はそのまなざしを、僕の背中を押し、僕を支え、僕の腕を引っ張り、僕が狙いをつける際に頭を軽く下げさせる一本の手であるかのように感じていた。僕が殺したばかりのその男は、驚き憮然とした表情を顔に留めていた——大きな丸い眼とグロテスクにひん曲がった口。遠くで犬が一匹吠えた。暗く暑い空の下で家の木が震えた。

僕は体中が動かず、痙攣したかのように固まっていた。銃床は汗でべとついていた。夜だったが、視界は至極良好だった。青白く光る月のせいだ。月があまりに近かったから、空に向かって飛び上がれば手が届くかもしれなかった。その男は恐怖から生じた汗を絞り出しきっていた。彼は地球の水をすべて戻してしまうほど汗をかき、さらにはそれに漬かって泥まみれになろうとしている、と僕は思った。僕は彼の死を元素の分解のように想像し始めた。いわば、僕の犯罪の残虐さもまたそこで溶解するかのように。それは殺人ではなくて、ひとつの〈返還〉だった。僕はまたこう考えた、たとえそれが僕のような若者には突飛なものに思えようとも、彼はムスリムではないのだから、その死はつまり禁じられていないのだと。だがそれは卑怯者の考えであって、僕はそのことをすぐに悟った。僕は彼のまなざしを憶えている。思うに彼は僕を責めもしなかったが、予期せぬ袋小路を見つめるようにして僕を見つめていた。マーはずっと僕の後ろにいて、その息が落ち着き、突然とても穏やかになったことで、僕は彼女がほっとしたのを理解した。以前はずっとひゅうひゅういってたのだ。(「ムーサーが死んで以来」、とある声が僕に言った。) 月もまた観ていた。空一面がひとつの月のようだった。月はすでに大地を和らげ、湿った暑気は急速におさまろうとしていた。犬は、暗い地平に、再び吠えること長く、僕を侵していた無気力から寸での所で僕を引き戻すところだった。僕は、一人の人間がこんなに簡単に死んでしまうなんて、僕らの物語が、芝居がかった、ほとんど喜劇的なまでの崩落で締めくくられてしまうなんて馬鹿げていると思った。心臓が耳を聾するほど荒れ狂い、僕のこめかみは脈打っていた。

マーはそんな素振りは見せなかったが、僕は彼女が宇宙に対するとてつもない警戒心を引っ込め、ようやく自らにふさわしくなった老いへと合流するために身支度しているのを知っていた。僕は本能的にそれを知ったのだ。僕は右腕の下、ものごとの均衡を破ったばかりの腕の腋下で、自分の肉が凍りつくのを感じていた。「ものごとはたぶん終いには以前のように戻るだろう」、と誰かが言った。僕の頭のなかにはいくつもの声が響いていた。しゃべっていたのはおそらくムーサーだった。ひとは殺人を犯すと、自分のある部分がすぐさま言いわけを組み立て、アリバイをこしらえ、自分の手からまだ火薬と汗の臭いがしているのに、それを洗浄するような事実の解釈を作り上げ始める。僕の場合はそんな心配はいらなかった、というのも何年も前から分かっていたのだ、僕が人を殺したときには、僕は誰かに救われたり、裁かれたり、尋問されたりすることを必要としないだろうと。戦争のあいだは、誰も具体的な人間を殺しはしない。それは殺人ではなくて戦場、戦闘なんだ。ときに、外部では、あの浜辺と僕らの家から遠く離れたところでは、まさにその戦争というものを、〈解放戦争〉をやっていて、あらゆる他の犯罪の噂をもみ消していた。あれは〈独立〉の始めの日々だった。フランス人たちは四方八方駆け巡り、海と挫折のあいだで行き詰まり、そして君の人民は驚喜し、立ち上がり、ボイラーマンの青い服で鍛えられ、岩の下のシエスタからかろうじて抜けだし、今度は自分たちが殺し始めようとしていた。そのことだけで僕にはアリバイとして十分だった——とはいえ自分のもっと深い部分では、僕はそんなものを必要としていないと分かっていた。それは母さんが引き受けるだろう。それに、そいつは自分自身の良心から逃避しているに違いないフランス人でしかなかった。心の奥では、僕はほっとして、気が軽くなり、殺人に運命づけられているのをようやく止めた自分自身の身体のなかで自由になるのを感じた。一発で——火を噴くように！——、僕は眩暈がするほど途方もない空間と自分自身が自由になる可能性、大地の熱く官能的な湿り気、レモンの木とその香りで満ちた熱い空気を感じた。僕はついに女と映画館に行ったり泳いだりできるのだ、という考えが頭を過ぎった。

その夜はあっという間にすべて消え去り、ため息一つへと変じた——まるで性交のあとのようにね、誓うよ。完璧に憶えているよ、あの時のことを思い返してはこの奇妙な恥じらいの念を抱えてきたのだから。僕はうめき声を上げそうにさえなったんだ。僕らは長いことこんな状態だった、各々が自分の永遠を吟味するのにかまけていた。一九六二年の夏のあの夜に僕らの家に逃げ込んできたあのフランス人の不幸、僕はあの殺人のあとに腕を下ろさぬまま、マーはその怪物的な欲求がついに晴らされた。これらはすべて世界の背後で、一九六二年七月の停戦のあいだに行われたのだった。

この暑い夜のなかで、殺人を予兆するものなど何もなかった。そのあと、正確には僕がどんなことを感じたかって？　ものすごく気が楽になったさ。一種の勲章だな、名誉はなかったが。何かが僕の奥底に座りこんで、自らの肩の上に丸まり、両手で頭を挟んで、とても深いため息をついたがために、僕は心を動かされて眼に涙を浮かべた。僕が眼を上げて自分の周りを眺めたのはその時だった。僕は自分が見知らぬ男を処刑したばかりの中庭のあまりの広さにもう一度驚いた。まるで見通しがよくなってようやく息ができるようになったかのようだった。その時までムーサーの死と母さんの監視によって線引きされた区域に閉じこもってずっと生きてきた僕は、その夜から贈られた土地、闇夜の大地いっぱいに広がった領域のただ中に突っ立っていたのだ。僕の心が元の場所に戻ると、すべてのものが同じように戻った。

その一方でマーは、フランス人の屍体を吟味し、すでに頭のなかでは測定値を出して、脳裏には僕らが彼のために掘ることになる墓のサイズをはじき出していた。そのとき彼女は僕に何か言い、それは僕の頭蓋のなかで消えていった。彼女はもう一度言い、僕は今度は分かった。「早くおしっ!」　彼女は、雑役の命令を下すかのように、断固として乾いた口調で僕にそう言った。埋めねばならない屍体だけが問題ではなく、劇場で最後の幕が終わったあとのように、舞台《シーン》を片付け、掃除せねばならなかった。(浜辺の砂を掃き、水平線に寄った襞のなかに遺体を隠し、二人のアラブがいたことで名高い岩を押し返して丘の後ろに投げ捨て、武器をまるで泡であったかのように消し、再び天が燃え海が喘ぐようスイッチを押し、そして終いには、あの物語の固定メンバーに合流するために別荘の方へ登っていくのだ。)　ああ、そうだ!　細かいことがもうひとつ。僕は自分が生きてきた一つの時間を大時計から奪い、呪われた文字盤のあの数字へとその機械装置のねじを巻いて、ムーサー殺害の正確な時間と一致させねばならなかった——つまり十四時＝ズージュに。僕にはやがて、きちんと規則的にチクタクし始めた歯車がカタカタ鳴るのが聞こえだした。というのも、実は僕はそのフランス人を午前の二時頃に殺したんだよ。そしてこの時から、マーはもはや遺恨のためではなく自然のままに老い始め、皺は彼女に千頁もの折り目をつけ、彼女自身の祖先たちはついに鎮まって、終わりに向かう最初の長談義のために彼女に近づくことが可能となったようにみえた。

僕についていては、何て言えばいいかな？　人生がようやく僕に与えられたんだ。たとえ新しい屍体を引きずって行かなければならなかったとしてもね。少なくとも、これは自分自身の屍体じゃない、誰か知らないやつのだって思っていた。あの夜のことは、死者と墓から掘り出された死体からなるわが奇妙な家族の秘密のままだった。そのルーミーの遺体は地面の端に、中庭のすぐ近くに埋めた。それ以来、マーは復活するかもしれないと見張っていた。僕らは月明かりの下で穴を掘った。あの二発の銃撃を誰も聞いていなかったように思われた。当時は、すでに言ったように、たくさんの殺人があった。〈独立〉後の最初の日々だったんだ。この奇妙な期間、みなは心配することなく殺すことができた。戦争は終わっていたが、死は事故や復讐譚に姿を変えていたからね。それで、フランス人がひとり村でいなくなった？　誰もその話をしなかった。少なくとも最初の内はね。

ほら、これで君はわが家の秘密を知ったわけだ。君と、君の後ろの不実な亡霊は。僕はそいつが向かってくるのを観察していたんだ。僕らにだんだん近づいて来ている。夜ごとね。きっと全部聞いているよ、僕は気にしないが。

いや、僕は実際にはあの男を知らなかったんだよ。僕が殺したそのフランス人のことだがね。彼は太っていて、僕が憶えているのは、チェックのシャツに、ミリタリージャケット、それと彼の匂いだ。僕が彼の存在を最初に感じ取ったのはそのためだった。あの夜、午前の二時に、僕らを——マーと僕とを——はっと目覚めさせた物音の正体を探りに僕が外に出た時だ。鈍い落下音のあとにもっと騒がしい静寂と恐怖から出た嫌なにおいが続いた。彼はたいそう白かったので、身を隠した暗闇のなかではそれが仇になった。

　君に言ったよな。あの晩は、夜が軽やかなカーテンみたいだったって。それに、あの時代は、大勢を無差別に殺してたって——OAS〔秘密武装組織〕だけじゃなくて土壇場で勝ち馬に乗ったFLN〔国民解放戦線〕の兵士《ジュヌード》たちも。先の見えない時勢、主無き土地、コロンたちの突然の出立、占拠された邸宅。夜ごと、僕は警戒して、僕らの新しい家を押し込みや泥棒から守っていた。家主たち——マーを雇っていたラルケ家——は三カ月ほど前に逃げてしまっていた。そこで僕らは、その場にいた者の権利として、物件の新しい主となったのだ。ことは非常に単純だった。ある朝、雇い主の家に隣接した僕らの小部屋に聞こえてきたのは、大声や家具を運ぶ音、モーター音にまたもや大声。一九六二年の三月だった〔エヴィアン協定によって休戦が成立〕。僕は仕事がなかったので近所に残ったままだった。マーが数週間前から一種の非常事態令を発していたのだ。それで僕は彼女の監視区域に留まらねばならなかった。僕は彼女が雇用主たちの家に入って行き、たっぷり一時間してから泣きながら戻ってくるのを見た——だが、彼女が流していたのは歓喜の涙だった。彼女は、みないなくなってしまって自分たちが家の面倒を見るのだ、と僕に教えた。僕らは、彼らが戻ってくるのを待ちながら、いわば財産管理を行わねばならなかったのだ。彼らは決して戻らなかった。彼らの出立の翌日、明け方から、僕らは引っ越した。その最初の瞬間のことを僕はずっと憶えているだろう。最初の日は、主要な部屋を占拠する勇気もろくに無く、台所に身を落ち着けるだけで、ほとんどどぎまぎしながら満足していた。マーは、中庭のレモンの木のそばにいた僕にコーヒーを淹れてくれ、僕らはそこで、黙ったまま、食事をした——僕らはアルジェから逃亡して以来ようやくどこかにたどり着いたのだ。二日目の夜には、寝室のひとつを探険し、感極まりながらそっと指で食器に触れた。他の隣人たちもまた、突き破る扉を、占拠すべき家を求めて、様子を窺っていた。腹を決めなければならず、マーはどうすべきかを知っていた。彼女は僕の知らない聖者の名前を唱え、アラブの女性を二人招き、コーヒーを淹れ、吊り香炉を各部屋に持って回って焚き、タンスのなかから見つけてきた上着を僕に与えてくれた。こうやって僕らは〈独立〉を祝ったのだ。家と上着とコーヒーで。それからの数日間は、僕らは見張りを続けた。家主たちが戻って来たり、誰かが僕らを追い出しに来るのを恐れていたのだ。僕らはあまり眠らず、警戒していた。誰も信用はできなかった。夜には、押し殺された叫び声、走る音、喘ぐような音など、不安を誘うあらゆる種類の物音を耳にした。家々の扉は壊されていて、僕はある夜、その地域ではよく知られたマキザール〔レジスタンス員〕が何の処罰も受けずに辺りを略奪するために街灯を銃撃するところまで目撃した。

残留していたいくらかのフランス人たちは、保護される約束だったにもかかわらず、不安に脅かされていた。ある昼下がり、ハッジュートにいた彼らはみなで大通りのど真ん中、威風堂々たる市役所のそばの教会を出たところに集まった。おそらく数日前にマキに加わった二人の熱烈な兵士《ジュヌード》によって彼らのうちの二人が殺されたことに抗議しようというのだ。その二人は略式裁判のあと、自分たちの隊長によって処刑されたが、そのことがうち続く暴力を止めることはなかった。その日、僕は町の中心部で開いている店を探していて、そこで、徒党を組んだ不安げなフランス人の小さな集まりのなかに、まさにその晩、あるいは翌日、もしくは数日後だかに、僕の犠牲者となるべき男を見たのだった。彼はすでに自分が死ぬことになる日のあのシャツを着ていて、誰のこともじっくり見ずに、目抜き通りの端を怖々と窺っているお仲間たちのなかに埋没していた。みなは、アルジェリア人の責任者がやってきて、正義が実現されるのを待ち構えていた。僕らは一瞬眼が合い、彼は眼を伏せた。僕は彼に知られていなかったわけではなく、僕もまた、ラルケ家の近所で彼を見知っていた。おそらくは近しい関係、親類か何かで、しばしば彼らを訪ねに来ていた。その昼下がりには、空に大きく重い太陽が眩しく輝き、耐えがたい暑さが僕の精神を乱していた。普段、僕がハッジュートを歩く時は急ぎ足だ。というのも、どうして僕が、この歳で、マキに入って国を解放し、すべてのムルソーたちを追い払わなかったのか、誰も納得してくれないからだ。ルーミーたちの小集団の前で立ち止まったあとは、僕は鉄の太陽の下で帰途についた——太陽はゆっくりと天上に軋み、その光はとても鮮やかで、大地を荒々しく照らすというよりもむしろ誰か逃亡者を追いつめるもののように思われるほどだ。僕がこっそりと振り返ると、あのフランス人が身じろぎもせず自分の靴を見つめているのが見えた。そして僕は彼のことを忘れた。僕らは村の端に、畑との境に住んでいた。そしてマーが、いつものように、じっとしたまま、険しい顔で、まるでいつでも現実となり得る悪い報せに対してましな受け止め方をしようとしているかのように、僕を待ち構えていた。夜が訪れ、僕らはついに眠り込んだ。

僕の目を覚ましたのはあの鈍い音だった。始めは猪か泥棒かと思った。暗闇のなか、母さんの寝室のドアを軽く叩いてから開けた。彼女はもうベッドで起き上がっていて、猫のように僕をじっと見た。僕は武器を、それが隠してあったスカーフを結んだ中から、ゆっくりと取り出した。どこで手に入れたのかって？　偶然さ。二週間前に納屋の屋根組みに隠してあったのを見つけてたんだ。鼻の穴がひとつしかない金属製の犬みたいな、変な臭いのする古くて重いリボルバーだ。あの夜、その重みが、地面ではなくはっきり見えない的の方へと僕を引きつけたのを憶えている。家中が突如見知らぬもの《エトランジエール》に戻ったのに、恐ろしくはなかったのを憶えている。午前の二時頃のことで、犬の吠える声だけが、遠くで、静まりかえった天と地の境界線を描き出していた。その物音は納屋からしていて、すでに臭いがしていた。僕はそれを追い、背中では母が、かつてないほど強く僕の首に掛かった紐を握りしめていた。納屋に着いて、僕が暗闇のなかを眼で探ると、黒い影に突然両眼が、ついでシャツと顔の先、顰めた顔が現れた。彼はそこにいた。二つの物語といくつかの壁に挟まれて、唯一の出口は僕の物語の方だったが、それは彼にいかなるチャンスも残してはいなかった。その男は息をするのもやっとだった。もちろん僕は彼のまなざしを、眼を憶えている。ほんとうのところを言えば、彼は僕を見ていなかった。彼は、僕の拳を重くしていた武器に魅了されているかのようだった。思うに、彼は恐怖のあまり、自分の死のことで僕を恨んだり責めたりすることができなかったのだ。彼が動いたならば僕に張り飛ばされて〈ばたりと地に倒れ、顔を夜に向けて、泡が頭の周りの地面でぱちぱちと割れ〉たことだろう。しかし、彼は動かなかった。少なくとも最初のうちは。「回れ右するだけでいいんだ、それで済む」、そんなことは一瞬たりとも信じられなかったが、僕は自分自身に言い聞かせた。だがそこにはマーがいた。彼女は僕が逃げ出すことを禁じ、彼女自身の手では得られないことを要求した——復讐だ。

僕らは一口も発しなかった。彼女も僕も。僕らは突如、二人して一種の狂気に陥った。おそらく僕らは同時にムーサーのことを考えたのだ。それは彼と決着をつけ、毅然として彼を埋葬する機会だったのだ。あたかも、彼が死んで以来、僕らの人生が一幕の喜劇、あるいは大して深刻でもない執行猶予でしかなく、僕らはただ、このルーミーがひとりでに犯行現場へ、僕らがどこに行こうと持っていくことになる場所へと立ち戻るのを、待ち続ける役を演じるだけであるかのように。僕は数歩足を進めると、身体が拒否して反発するのを感じた。僕はこの抵抗を押し負かそうと、もう一歩を踏み出した。フランス人が動いたのはその時だった——ひょっとするとそんなことしなかったかもしれないが——、彼は暗がりのなかで納屋の一番奥まった隅へと後ずさったのだ。僕の前は真っ暗で、〈ひとつひとつの物体や角、あらゆる曲線が理性を侮辱するような混沌によって描き出されていた。〉彼が後ずさったものだから、暗闇は彼の人間性のうちに残されたものを貪り喰らってしまい、僕にはその朝の――あるいは前日かもしれないが、もう僕には分からない――彼の空虚なまなざしを思い起こさせるシャツのほかには何も見えなかった。

それはまるで解放のとびらを短く叩く二つの音のようだった。少なくとも僕はそう感じたように思った。そのあとだって？　僕が彼の屍体を中庭まで引っ張っていって、マーと一緒にそれを埋めた。死者を埋葬するのは、本や映画で見て思うほどたやすいものじゃない。屍体というものはいつだって生きてるときの二倍の重さになって、こちらの差し伸べた手を拒絶し、見境なく全体重をかけて地べたにへばりつくんだ。あのフランス人も重くて、僕らには時間が無かった。僕が一メートルも引きずると血で真っ赤になった彼のシャツは破けてしまった。切れ端が僕の手に残された。僕は小声でマーと二、三言かわしたが、彼女はもはや心ここにあらずで、それからというもの、古い舞台装置のように僕に遺贈した宇宙にはほとんど興味を失ったかのようだった。ツルハシとスコップで、その舞台《シーン》の唯一の目撃者であるレモンの木のすぐそばに、僕は深く穴を掘った。おかしなことに、僕は寒かった。夏のまっただ中で、その夜は暑く、愛を待ち焦がれた女ほどに官能的であったのに。それで僕は、掘って掘って、途中で止まりもしなければ顔も上げなかった。母さんは突如、地面に落ちていたシャツの襤褸《ぼろ》切れを拾い、ゆっくりと匂いを嗅いだ。それによって彼女はようやく視力を取り戻したかのようだった。彼女のまなざしが僕に留まった――ほとんど驚いた眼をして。

そのあとだって？　何も起こらなかった。夜が――その木々は何時間ものあいだ星々のなかにその身を浸し、その月は、いなくなった太陽の最後の痕跡として青白く光り、僕らの小さな家の扉は時間が入り込むのを禁じ、暗闇は、僕らの唯一の盲いた証人――、夜がゆっくりとその混沌を取り去って、物体に角を戻し始めると、僕の身体はようやく大団円のときを知ることができた。僕はほとんど動物的な悦びにうち震えた。中庭の地面に直に横たわり、目を閉じてさらに濃密な夜を自分で作り上げた。再び目を開くと――僕は憶えている――空にはもっと多くの星々が見えた。そして、僕はもっと大きな夢に、もっと並外れた否認――僕のように、つねに眼を閉じて何も見ようとしないもう一つの存在――に、囚われているのだと悟ったのだ。

IX

僕が君にこの話をするのは、今になってから《ア・ポステリオリ》赦されたいとか、良心の呵責のようなものを自分から取り払いたいとかいうことじゃない。そんなことはありえない！　僕が殺人を犯した時代は、神は、この国で、今日ほど生き生きとしてもいなかったし重苦しくもなかった。いずれにせよ、僕は地獄を恐れていない。僕はたんに、ある種の倦怠を感じていて、しょっちゅう眠たくなり、ときにはひどい眩暈に襲われるんだ。

その殺人の翌日、すべては元のままだった。くらくらするほど虫の声が喧《やかま》しい、灼けるようないつもの夏で、厳しい太陽が大地の腹にまっすぐ突き刺さっていた。僕にとって唯一変わったことは、君にはもう説明したが、あの感覚だったんだ。あの犯罪を犯したとき、ある扉が、どこかで、僕に対して決定的に閉ざされるのを感じた。僕は自分が断罪されたのだと判断した――それゆえ、僕は裁判長も、神も、裁判の茶番劇《マスカラード》も必要としなかった。ただ自分ひとりで事足りたのだ。

僕は裁判に憧れているようなものだ！　断言してもいいが、君の主人公とちがって、僕は解放された者の熱烈さでそれを生きようとするだろう。ひとでいっぱいになった法廷に憧れるよ。大法廷でマーはようやく口を閉ざし、きちんとした言葉を知らないから僕を弁護することもできない。呆然として、長椅子に座り、ほとんど自分の腹と僕の身体の区別もつかない。部屋の奥には、無為な記者たちが数人、ムーサー兄さんの友だちのラルビー、何よりメリエムがいて、何千冊もの彼女の本が、狂った目次で頁数を打たれた蝶のように、その頭上を舞っているだろう。それから君の主人公が検事になり、独自のリメイクにおいて、僕に名字、名前、家系を聞くだろう。そこにはまたジョゼフ、僕の殺した男がおり、僕の隣人、あの恐るべきコーランの朗誦者もいて、彼は僕の独房に会いに来て神はお赦しになると教えるだろう。グロテスクな舞台《シーン》。というのも舞台背景が欠けているのだ。僕の何を告発するだろうか？――死後も母親に仕え、その目の前で、彼女が希望に生きるために自らを生き埋めにしたことを？　ひとは何と言うだろうか？　僕がジョゼフを殺したときに涙を流さなかったと？　彼の身体に二発の銃弾を撃ち込んだあとに映画館に行ったと？　いいや、当時は僕らが行ける映画館はなかったし、死んだ者たちの数が多すぎてみなは彼らに涙を流すこともなかった。ただ番号をひとつと証人を二人与えただけだった。僕は裁判所と裁判官を探したが無駄もいいところで、まったく見つからなかったのだ。

　よく考えてみれば、僕は君の主人公よりもっと悲劇的な人生を送ったわけだ。僕は順繰りに、これらの役をひとつずつ演じた。あるときはムーサー、あるときは異邦人、あるときは裁判長、あるときは病気の犬をつれた男、ペテン師のレイモン、あの殺人者を馬鹿にしていた無礼な笛吹きさえも。結局は僕ひとりが主人公の密室裁判《ユイ・クロ》、華麗なワンマンショーだ。この国には至るところに外人墓地があるけれど、その草地が穏やかなのはうわべだけにすぎない。そこの善きひとびとはみな鳴き騒ぎ、この世の終わりと審判の始まりのはざまで復活を試みようと、押し合いへし合いしているのだ。大勢がね！　多すぎるんだ！いや、僕は酔っちゃいないよ、裁判を夢みてるんだ。だけどみんな先に死んじまって、殺しをやるのは僕が最後になってしまった。カインとアベルの物語だよ、だが人間の始まりじゃなくて終わりのね。これでよく分かったんじゃないかな？　これはありきたりの赦しや復讐の物語じゃなくて、ひとつの呪い、罠なんだ。

僕の望みは、思い出すこと。僕がとても強く、力の限り思い出そうとしているから、ひょっとしたら時間をさかのぼり、一九四二年の夏のあの日に到り、二時間のあいだ、あたう限り国中すべてのアラブにあの浜辺への立ち入りを禁じてしまえるかもしれない。あるいは裁きにかけられること、ついに、そう、傍聴席が暑さにおしつぶされるのを僕が眺めているあいだにね。無限と、独房のなかで身動きの取れなくなった僕自身の身体のあえぎとのあいだで幻覚にとらわれ、壁と幽閉にあらがって筋肉と頭をつかって格闘する。僕は母さんを恨んでいる、彼女を恨んでいるんだ。ほんとうは彼女がこの犯罪をおかしたんだ。彼女が僕の手を握っていて、その一方でムーサーがその手を握り、続けていくとアベルかその弟まで行き着くんだ。僕が哲学してるって？　ああ、そうとも。君の主人公はよく分かってたよ。殺人というのは、哲学者が自らに問うべき唯一のすぐれた問いだって。残りはすべてむだ話さ。ところが僕はバーに座っているひとりの男にすぎない。それは一日の終わりで、星々がひとつずつ現れ、夜はすでにして空に眩暈がするような深みを与えた。僕はこの規則的な結末が好きなんだ。夜が大地を空へと呼びよせ、ほぼそれに等しい無限の一部を託す。僕は夜のあいだに殺人を犯し、それ以来、僕はその広大無辺と共犯になったんだ。

ああ！　君は僕の物言いに驚いたようだね。どこでどうやってこんなことばを覚えたのかって？　小学校で。ひとりで。メリエムと。僕が君の主人公の言語を完璧にマスターするのを手助けしてくれたのはとりわけ彼女だ。それに、君がフェティッシュのように鞄に入れているあの本を僕に教え、何度も何度も読むようにさせたのも彼女だ。こうしてフランス語は、細かなところにこだわる偏執狂的な捜査のための道具になったんだ。僕らは一緒に、それをルーペのように犯罪現場《シーン》に持っていった。僕の舌とメリエムの口で、僕は何百冊もの本を貪り喰らった！　僕は、あの人殺しが生きた場所に近づき、あいつが虚無へと乗りだそうとするところで上着を摑み、むりやりこっちを向かせ、僕のことをちゃんと見させて誰だか分からせ、話させ、答えさせ、僕に本気で向き合わせているように思われた。あいつは、全世界に向かって僕がアルジェの浜辺で死んだと言っておきながら、僕の復活を前にして恐怖に震えていたんだ！

だがしかし、僕はあの殺人へと立ち戻ろう。というのも僕には、このうらぶれたバーで自ら買って出るもののほかに裁判はないだろうからな。君は若いけど、僕の裁判官に、検事に、傍聴人に、記者やその他諸々のものたちになってくれる……　人を殺してからというもの、僕がいちばん恋しがっているのは、罪なき身の上《イノサンス》なんぞではなくって、そのときまで存在していた人生と犯罪とのあいだに引かれた境界線なんだ。それはあとから復元するのが難しい描線だ。他者というものは、ひとが殺人を犯すことによって失うひとつの尺度なのだ。それ以来しばしば、いわば殺人によってすべてを解決してしまおう——少なくとも僕の夢想のなかでは——と欲して、僕は信じられないほどの、ほとんど神々しいまでの眩暈を覚えた。僕の被害者リストは長かった。手始めは隣人たちのひとりで自称「元ムジャーヒド」〔独立戦争の戦士〕、本物のムジャーヒディーン〔ムジャーヒドの複数形〕の醵出金《きよしゆつきん》を詐取しているならず者の詐欺師だって、みんな知っている。そのすぐあとが、不眠症で、茶色い、痩せて、狂ったような眼をした、骸骨を団地でひきずっている犬だ。それから、何年ものあいだラマダーンの終わりの祭り《イード》のたびにやってきて、昔の借金を返すと約束しながらそれをけっして果たすことのなかった母方の叔父。最後にハッジュートの初代村長。こいつは、僕がほかのやつらみたいにマキへの道を辿らなかったからって無能あつかいした。ジョゼフを殺して井戸に投げ込んでからは——もちろん言葉のあやだ、僕は彼を埋めたのだから——、こんなことを考えるのが習慣となった。もしただの銃撃数発ですべてが解決できるなら、逆境や不正義、敵の憎しみにまで忍従したところで何になろう？　処罰されざる殺人者は、いわば怠惰に味を占めるのだ。だが、何かしら取り返しのつかないこともある。犯罪はいつだって愛や愛する可能性を危険にさらすのだから。僕は人を殺し、それ以来、人生は僕の眼にはもはや聖なるものと映らなくなった。そのときから、僕が出会ったどの女性たちの肉体も、その官能性を、絶対なるものの幻想を僕に与えてくれる可能性を、あっというまに失ってしまうのだった。幾度欲望が躍動しようとも、僕は生けるものが何ら確固たるものに拠っていないことを分かっていた。僕はあまりに簡単にそれを消し去ることができたから、それを好きにはなれなかった――そんなことは自分を騙すようなものだった。僕はたったひとりを殺すことによって、あらゆる人間の肉体を冷たいものにしてしまったのだ。おまけに、友よ、僕のなかに響いている唯一のコーランの章句は次のようなものなのだ。「もし汝がたったひとつの魂を殺したならば、それは全人類を殺したにも等しい。」

ほら、今朝、僕は古い期限切れの新聞で面白い記事を読んだんだ。サドゥ・アマル・バラーティとかいうひとの話だよ。たぶん君はこの紳士のことを聞いたこともないだろうがね。インドのひとで、三十八年ものあいだ右腕を空に挙げ続けたと言っているんだ。その結果、彼の右手は骨が皮をまとっているだけになってしまった。もう彼が死ぬまで固まったままだろう。結局のところは、僕らはみんなそんなものなんだよ。それは、ある者たちにとっては、愛しい肉体が残した虚無を抱きしめている両腕であり、また他の者たちにとっては、すでに年老いた子供を支える手、越えたことのない閾の上に持ちあげた脚や、発したことのない言葉を銜《くわ》えている歯とかなんだ。この考えが今朝から面白くってね。どうしてこのインド人は自分の腕を絶対に下げなかったんだろう？　記事によれば、彼は中流階級に属する男で、仕事も、家も、妻と三人の息子もあり、普通で平和な生活を送っていたらしい。ある日、彼は啓示を受けた。彼の神が語りかけてきたんだ。神は彼に休みなく国中を歩き、常に右手を挙げたまま、世界の平和を説いて回るよう命じたという。三十八年ののち、彼の腕は石のようになってしまった。この奇妙な逸話は僕の気に入った。それは僕が君に語りつづけている話に似ているよ。持ちあげた腕の物語だからね。あの浜辺で放たれた銃撃から半世紀以上が経ち、僕の腕はほらここ、挙がったままで、下げることができず、皺がよって、時間に食われてしまった——死んだ骨についた乾いた皮膚だ。そもそも僕は自分の存在すべてをこんなふうに感じているのだけれど——筋肉はないのにつっぱって辛いんだ。というのも、この姿勢を続けるということは、腕を一本奪われるということだけではなく、ひどく疼く痛みに耐えねばならないということをもまた含意しているのだ

──もっとも今日ではその痛みも消えてしまったがね。聞きたまえ。「それはつらいものでしたが、今では慣れました」、とそのインド人ははっきり言ったんだ。記者は彼の殉教について非常に詳しく書いているよ。彼の腕は感覚をまったく失ってしまった。半垂直の姿勢のまま動かせなくなり、彼はついには衰弱してしまい、その手の爪はカールして自分の方を向いていたと。始めはこの話にくすりとしたがね、今はごくまじめにこのことを考えているんだ。これはほんとうの物語だ。というのも僕がそれを生きたのだから。僕は、マーの身体ががっちりと不可逆的なポーズで硬直していくのを見た。僕はそれが、重力に逆らったまま維持されたその男の盲目的な腕のように、干涸びていくのを見たのだ。マーはそもそも彫像みたいなんだ。彼女は何もしていないとき、ただそこで、地べたに座ったまま、ぴくりとも動かず、まるで存在理由を失ったかのようだったのを僕は憶えている。ああそうだ！　数年後に僕は発見することになったのだ。いかなる忍耐の証を彼女が示すのか、いかにして彼女がアラブを──つまり僕を──あの舞台にまでひっぱり上げ、そこでそいつがリボルバーを得てルーミーのジョゼフを殺し、埋めることができるのかを。

帰ろうか、若いの。概して告白のあとはよく眠れるものだよ。

X

僕が犯罪をおかした翌日、すべてはとても平和だった。墓を掘ってへとへとになったあと、中庭でうとうとしていた。僕の目を覚ましたのは珈琲の匂いだった。マーは歌を口ずさんでいた！　そのことはよく憶えている。というのも、小声とはいえ、彼女が思わず歌をうたったりするのを見たのは初めてだったからね。世界で初めての一日を忘れたりはしないものだ。レモンの木は何も見なかったふりをしているようなものだった。僕は、その日は外出しないことにした。母さんの近さ、優しさ、心づかいは、放蕩息子に、ようやく帰ってきた旅人に、海が返してくれたびしょ濡れで微笑む血縁に与えられる類いのものだった。母さんはムーサーの帰還を祝っていたのだ。だから僕は、彼女がカップを差し出したときに顔を背け、一瞬僕の髪をかすった彼女の手をあやうく押しのけるところだった。ところが、その手を拒もうとした正にその瞬間に分かってしまったのだ、僕は、他者の身体の近さにけっして耐えられないだろうと。おおげさに言ってるんじゃないかって？　ほんとうの殺人は、斬新で際立った確信をもたらすものなんだ。君の主人公が独房にいたときのことを書いたのを読みたまえ。僕はその一節をしょっちゅう読み返すんだ。彼の書いた太陽と塩の寄せ集めのなかでいちばん面白いところだからね。君の主人公が最もうまいこと大きな問いを発するのは独房のなかでなんだ。

空は僕に関わりのない色をしていた。それで僕は寝室に戻り、もう何時間か眠った。昼日中になった頃、一本の手が僕を眠りから引き戻した。もちろんマーだ、他に誰がいよう？「あいつらがおまえを探しに来たよ」、と僕に言った。彼女は心配しても動転してもいなかった、同じ息子を二度殺すことはできないのだ、そして僕はそのことをよく理解していた。ムーサーの物語は、それが真に完結するまでに、まだいくつかの副次的な儀式を必要としていたのだ。十四時を数分まわったところだったと思う。小さな中庭に出ると、空のカップが二つ、吸い殻と、踏みならされた地面の上の足跡が目に入った。マーは、昨夜の二発の銃声が兵士《ジュヌード》たちの警戒を呼んだのだと僕に説明した。街区の何人かが僕らの家を指さしたので、彼らは僕らの説明を聴取に来たのだ。二人の兵士が中庭をざっと眼で調べ、珈琲をもらい、母さんの暮らしや家族のことを聞いた。それで僕には続きが読めた。母さんはお得意の真似をやらかしたのだ。ムーサーの話をして効果は抜群、彼らは終いには母さんのおでこにキスをして、息子さんの仇は、毎年夏の十四時きっかりにフランス人に殺された他の数百万人の仇とともに、きちんと討ち果たしました、と保証したのだ。それでも立ち去る前には、「昨晩、フランス人がひとりいなくなったんです」、と彼女に告げた。「息子さんに役場に来るように言ってください。大佐が彼と話したがっています。ちゃんと家に帰しますから。いくつか質問をするだけです。」「おまえ、どうする?」、とその小さな眼が問うているかのようだった。彼女は声を低めて付け加えた。血痕から凶器まで、すべて自分が消しておいたと。レモンの木のそばには大きな牛糞が散らばっていた……　あの夜のものは何も、汗も、塵も、残響も残ってはいなかった。あのフランス人は、二十年前のあの浜辺でアラブ人に対して払われたのと同様の細心さをもって、消し去られていたのだった。ジョゼフはフランス人で、フランス人は当時この国のそこかしこで死んでいたのだ。もっともそれはアラブ人も同様だったがね。〈解放戦争〉の七年は、君のムルソーの浜辺を戦場に変えたんだ。

僕の方では、この土地の新しい長たちがほんとうは何を僕に望んでいるのか分かっていた。たとえ僕がフランス人の屍体を背負って出頭してきたとしても、僕の犯罪は眼に見えるそれではなく、直観が見抜くところの犯罪、すなわち僕の異邦人性であっただろう。すでにして。僕はその日のうちには行かないことにした。どうしてかって？　度胸や計算があったわけじゃない、たんに無気力だったせいさ。午後、空は神話のような青春を取り戻していた。それを日付のように憶えている。僕は、身が軽く、自分の心の別の重荷と釣り合いがとれて、晴れ晴れとして、無為にはもってこいだと感じていた。ムーサーの墓とジョゼフの墓のあいだからそれぞれ等距離のところでね。君もなぜだか分かるだろう。蟻が一匹、手の上を走っていた。僕は自分自身の人生という考えにほとんど仰天していたのだ。その証し、その体温が、僕からちょうど二メートルのところ、そこ、レモンの木の下の、死の証しと対照をなしていた。マーはなぜ自分が殺したのか知っており、またそれを知る唯一の者だった！　僕も、ムーサーも、ジョゼフも、彼女の確信に関わってはいなかった。僕は顔を上げて彼女に眼をやり、中庭を掃き、地べたにかがみ込み、頭のなかに住まう故人たちやかつての隣人の女たちと話をするのを見た。一瞬のあいだ、僕は彼女に憐れみを覚えた。僕の両腕の痺れは突き刺すような喜悦となり、僕らの中庭の壁に影がゆっくりと滑り込むのを僕は眼で追った。そして僕はまた眠り込んだ。

そうして僕はほとんど三日三晩、沈むように眠り、ときおり目覚めても自分の名前も分からないような有様だった。僕はそのまま、寝床の上から動くこともなく、考えも企図もなく、身体は新しくなって驚嘆していた。マーは忍耐の戯れに興じて、ほおっておいてくれた。このことに思いをいたすたび、僕にはこの眠れる長い日々が奇妙なものに思えるんだ。外ではこの国がいまだ自由の悦びで引き裂かれていたのだから。何千ものムルソーが四方八方を駆け巡り、アラブ人たちも同様だった。そんなことは僕には何の意味もなかった。僕が少しずつその荒廃と歓喜の途方もなさを発見するのは、そのあとのこと、何週間も何カ月も経ってからのことだ。

ああ、いいかね、僕はしかし本を書こうだなんて気はまったくなかったんだが、ひとつ書いてしまいたいと夢見てるんだ。一冊だけね！　勘違いするなよ、そいつは君のムルソーの事件の再捜査じゃあなくって、別のもの、もっと内的なものだ。消化についての大論考。そうだ！　一種の料理本で、香りと形而上学、スプーンと精霊、民と腹をごたまぜにするんだ。生《なま》のものと火を通したもの。最近誰かが僕に、この国でいちばん売れている本は料理の本だって言ったんだ。僕にはなぜだか分かるね。マーと僕が僕らのドラマから目を覚まし、よろめきながらようやく心を落ちつけたかというときに、国の残りのやつらは、口をいっぱいにして食っていたんだ。大地を、空の残りを、家々を、柱を、鳥を、無防備なもの《エスペス》どもを。僕の印象では、我が同胞たちは手だけじゃなくて、残りのすべてをつかって食べているようだ。眼で、足で、舌で、肌で。何でも食べられる。パン、いろんな砂糖、遠くから来た肉、家禽、あらゆる種類の香草。でもそんなものには結局飽きてしまったようで、もう満足しなかった。この民は、深淵とのバランスをとるためにもっと大きな何かを必要としているような気がする。母さんはそれを「終わりのない蛇」と呼んでいて、僕はそれが僕らを早すぎる死の方へ、あるいは地の淵から虚無に転げ落ちるように導くのだと考えている。いいかね、この町とここの人たちをよく見てごらん、ここ、僕らの周りを。そしたら君にも分かるだろう。もう何年も前からあらゆるものが食われているんだ。石膏、海辺で見かけるような丸くてすべすべな石、柱の残骸。何年ものあいだに、獣は選り好みしなくなってそのへんの歩道の欠片まで食べてしまう。ときには砂漠——無味乾燥なおかげで命拾いしているんだろうよ——との閾にまで出てくるんだ。動物たちはもう何年も前からいなくなって、本のなかの図像でしかなくなっている。この国にはもはや森は残っていない、まったくだ。コウノトリのかさばった巣もまた消えた。ミナレットや最後の教会のてっぺんにあった巣で、若い頃の僕は飽かず見とれていたものだ。建物の踊り場を見たかね、空っぽの住居を、壁を、コロンたちの古い酒蔵を、この荒れ果てた建造物を？　こいつは食事なんだ。僕はまた脱線しているな。君に世界の最初の日から話すつもりが、最後の日の話をしている……

　何の話をしていたかな？　ああそうだ、あの犯罪が起きた翌日のことだ。だから僕は何もしなかったんだ。さっき話したように、この民がその信じられないような土地をとりもどしてむさぼり食っているあいだ、僕は寝ていたんだ。名前もなければ言葉を使うこともない日々で、僕は、原始的な感性に立ち戻って、人間や木々を別様に、予期せぬ角度から、普段の名称を越えたところで知覚していた。僕は君の主人公の精髄を簡潔に理解したよ。日々の平凡なことばを引き裂き、王国の裏へと現れ出ようとする。そこではもっと覆すようなことばが世界を別様に語ろうと待ち構えているんだ。それなんだよ！　君の主人公が僕の兄の殺害についてこうもうまく語るというのは、それは彼が、おのが抱擁のなかでさらに力を増し、語《モ》の石を彫琢するほど無慈悲で、ユークリッド幾何学のように剥きだしの、未知のことばの領域へと到達していたということなのだ。思うにこれぞ偉大な文体というやつだ、結局のところ。人生の最後の瞬間が命じてくる厳格な精密さをもって話すのだ。ひとりの死なんとする男と彼が発する語を想像してみてくれ。それが君の主人公の精髄《ジェニー》だ。あたかもあらゆる瞬間に死するかのように、あたかも呼吸のエコノミーで言葉を選ばねばならないかのように、世界を記述する。苦行者なのだ。

それから五日後、僕はこの国の新しい長たちの召還に応じて、ハッジュートの役場に赴いた。そこで、僕は逮捕され、すでに何人ものひとがいた部屋に入れられた――アラブは数人で（おそらく革命をやらなかったやつか革命に殺されなかったやつだ）、大部分はフランス人だった。僕はそのなかのひとりも知らなかったし見たこともなかった。誰かがフランス語で僕が何をやったのか聞いてきた。フランス人を殺したと告発されたんだ、と僕は答え、みなは沈黙したままだった。夜になった。一晩中、南京虫が僕の眠りを悩ませたが、それには多少慣れていた。屋根窓から差し込む日の光で目を覚ました。廊下の物音、足音や大声の命令が聞こえていた。僕らに珈琲は与えられなかった。僕は待った。フランス人たちはそこにいる何人かのアラブ人の顔をしげしげと眺めていた――彼らもおかえしに相手のことをじっと窺っていたが。二人のジュヌードがようやくやって来て、僕をあごで指し示すと、看守が僕の首をひっつかんで引きずり出した。僕はジープに乗せられた。

たぶん、憲兵隊に移送され、独房に隔離されるのだろう。アルジェリアの旗が風にパタパタなびいていた。道すがら、路肩に母さんがハイクに身を包んでいるのを目にした。彼女は立ち止まって隊列を行かせた。僕はかすかに微笑みかけたが、彼女の方は無表情のままだった。おそらく彼女は僕らを眼で追い、それからまた歩き始めた。僕は独房に入れられた。〈便器用の桶と鉄のたらいがあった。〉刑務所は村の中心にあって、小窓からは幹に石灰を塗った糸杉が見えた。看守が入って来て、面会人が来ていると言った。母さんだなと思った。それはほんとに母さんだった。

僕が無口な看守のあとについて、果てしのない廊下を延々と行くと、小さな部屋に出た。二人のジュヌードがそこにいた。僕らには関心の無い彼らは、疲弊し衰弱し緊張し、眼には少しく狂気が宿り、マキで何年ものあいだ待ち伏せしていた見えない敵を探しているかのようだった。僕が母さんの方を向くと、その顔は険しくも穏やかだった。彼女は木製のベンチに座り、背筋を伸ばして堂々としていた。僕らのいた部屋はドアが二つあった。僕が入ってきたドアと別の廊下に続くドアだ。そこには小柄な老女が二人いた、フランス人だ。ひとりは黒装束で唇をきっと結んでいた。もうひとりは太った女で髪はもじゃもじゃ、ひどく神経質な様子だった。同じように、事務室とおぼしきもうひとつの部屋のなかには、出しっ放しの書類や、床に落ちた紙、割れた窓ガラスが見えた。すべてが沈黙していた。静かすぎたといってもいい。おかげで僕は言葉が見つからなかった。何と言ってよいか分からなかったんだ。僕はずっと前からマーにはほんの少ししか喋らないし、僕らはすぐそばにこんなに人がいて熱心に自分たちの話を聞くなんてことには慣れていなかった。僕ら二人に近づいてきた唯一の人間は、僕が殺してしまった。ここでは僕は武器を持っていなかった。マーが突如僕の方に身を乗りだしたので、僕はびくっと後ずさった。まるで顔をひっぱたかれそうになったか、ひと呑みに食われそうになったかのように。母さんは非常な早口でしゃべった。「おまえがあたしのたったひとりの息子で、だからマキには入れなかったんだって言っておいた。」彼女は黙り、それから付け加えた。「ムーサーが死んだって話をしたんだ。」彼女はいまだにそれが昨日のことであるかのように、あるいはその日付は瑣末時であるかのように話すのだった。彼女は、ひとりのアラブ人がとある浜辺でいかにして殺されたかを語る記事の切り抜き二枚を大佐に見せたのだと説明した。大佐はそれを信じるに躊躇した。そこには名前はなく、彼女がまさしくその殉教者の母親であると証するものは何もなかったからだ。そもそもそれは殉教者だろうか？　一九四二年に起こったのだから。僕は母に言った。「それは証明するのが難しい。」太ったフランス人女性は僕らの会話を遠くからすばらしい集中力で追っているようだった。みんなが聞いていたと思う。ほかにやることもなかった、と言うべきだろう。外の鳥の声や、モーター音、風のなかでお互いを抱擁しようとする木々のざわめきを耳にしたが、たいして興味を引くものではなかった。僕には何て言えばよいか分からなかった。「あたしはほかの女たちのように泣いたりはしなかった。大佐があたしを信じたのはそのせいだと思う」、と彼女は、まるで秘密をささやくかのように一息で言った。彼女がほんとうに言わんとするところを、しかし僕は理解した。それはまた会話の終わりでもあった。

僕はみなが名誉ある退出の機会を待っているかのように感じた、指をパチンと鳴らしてはっと我に返ったり、無様にならぬよう面会を締め括ったりするための合図を。背中には途方もない重荷を感じた。母と囚われの息子の出会いは、固い抱擁か涙で終わるべきものだった。僕らのどちらかが、たぶん何かしら言うべきだったのだろう……　だが、何も起こることはなく、時間が終わりなく引き延ばされるようだった。すると、僕らはタイヤの軋る音を聞いた。母さんは急いで立ち上がり、廊下では、唇をきっと結んだ老女が一歩を踏み出した。兵士たちのひとりが僕に近寄って肩に手をやり、もうひとりは軽く咳払いをした。二人のフランス人女性は廊下の先を見つめていたが、僕にはそれは見えず、ただ足音の床に響くのが聞こえていた。足音が近づくにつれ、二人の女が青ざめ、身を縮め、顔をひきつらせて、うろたえた眼を交わし合うのが見えた。「彼よ、フランス語を話すわ」、と太った方が僕を指さして言った。マーが僕にささやいた。「大佐はあたしを信じたね。ここを出たら、お前を結婚させるよ。」この約束は予期していなかった。だが僕は彼女がそれで言わんとするところを理解した。それから僕は再び独房に戻された。そこで、座って糸杉を眺めていた。あらゆる種類の想念が頭のなかでぶつかり合っていたが、僕は自分が落ち着いていると感じていて、バーブ・エル＝ウェドを、マーと僕の彷徨を、僕らがここ、小さな村にたどりついたことを、光を、空を、コウノトリの巣を思い起こした。ハッジュートで僕は鳥を狩ることを覚えたが、年を取るにつれ、それはもう面白くなくなった。どうして僕は武器を取ってマキの道を行かなかったのだろう？　そう、それこそが当時やらねばならないことだった、若くて、しかも泳ぎに行けないのであればなおさらだ。僕は二十七歳で、どうして僕が「兄弟たち」とともにマキに入らずに近所をうろついていたのか、村では誰も理解できなかった。昔からずっと、僕らがハッジュートについたときから、みなは僕を馬鹿にしていた。僕は病気で、男性器が無いか、それか僕の母という女の虜になっているものと思われていた。十五歳のときには、同じ年頃の少年たちが僕を馬鹿にし、臆病者、女々しいやつとして扱われるのを止めさせるために、僕は鰯の缶詰の蓋で作った刃を用いて、犬を一匹この手で殺さなければならなかった。ある日、通りでほかの小僧たちとボール遊びをしていると、僕を見ていた男がこう言った。「お前の二本の足は双子じゃないな！」 母さんがうるさいので小学校にも行き、僕はあっという間に彼女が集めてきた新聞の切り抜きを読んでやれるようになった。それは、いかにしてムーサーが殺されたかは語っていたが、その名も、街区も、歳も、イニシャルでさえ書いてはいなかった。ほんとうのところ、僕らはある意味で人民よりも先に戦争を始めていたのだ。僕がフランス人を殺したのは確かに一九六二年の七月だが、家族のなかで、僕らは死を、殉教者を、追放《エグジル》を、逃亡を、飢えを、悲しみを、そして正義の訴えを経験していたのだ。この国の戦争指導者たちがまだビー玉遊びをして、アルジェの市場でカゴを運んでいた時代に。

二十七歳のとき、つまり僕は一種の異常《アノマリー》だったんだ。遅かれ早かれ僕はその責任を取らねばならなかった。それは〈解放軍〉将校の前でだった。僕が窓から覗いているうちに空には時間が流れた。木々の色にも時間が流れ、暗く、ささやくようになった。看守が食べ物を持って来てくれた。僕は彼に感謝し、さらに眠る愉しみまであるぞと思った。僕は独房のなかで、マーもムーサーもおらず、心の底から自由だと感じていた。僕をひとりにする前に、看守は振り向いてこう聞いてきた。「どうしてお前は同胞たちを助けなかったんだ？」彼に悪意はなく、むしろ優しさと、ある種の好奇心からそう言ったのだ。僕はコロンたちの協力者ではなく、それは村のみんなも知っていたが、僕はムジャーヒドでもないので、そのことが多くの人々を不快にさせていた。僕がこの両極端のまんなかに座っているということは、まるで浜辺の岩の下でシエスタをしているか、自分の母親が暴行か強盗に遭遇しているあいだに美しい若い女の胸にキスをしているようなものだった。「彼らはお前にそのことを聞くだろう」、と彼はとびらを閉める前に言い放った。彼が誰のことを話しているのか僕には分かっていた。それから僕は眠った、だがその前に、僕は耳を澄ませた。それが僕がすべきことのすべてだった。僕はタバコは吸わなかったし、靴ひもを抜かれたのも、ベルトとポケットにあったものを全部取り上げられたのも気にならなかった。僕は時間を殺す〔暇をつぶす〕つもりはなかった。この表現は好きじゃない。僕は時間をながめ、眼で追い、そこから自分に可能なものを取り出すのが好きなんだ。今度は僕の肩の上に屍体が載っていないのだからね！　僕は自分の無為を満喫することに決めた。翌日が最悪のことになるかもしれないと考えなかったかって？　たぶん少しはね、でもそれを引きずりはしなかった。死については、僕は奇妙な慣れがあった。僕は生から他界に、あの世から太陽に、名前を変えるだけで移動することができた。僕ことハールーン、ムーサー、ムルソーあるいはジョゼフ。ほとんど好きなようにね。〈独立〉の最初の日々において、死は無償であり、不条理であり、予期せぬものであった。一九四二年の太陽に照らされた浜辺での死がそうであったように。彼らはどんな理屈で僕を告発することもできた。見せしめに銃殺しようが、尻を蹴飛ばして釈放しようが同じなのだ、と僕には分かっていた。そのとき、一握りの星とともに夜が訪れ、宵闇が僕の独房を掘り広げ、壁による境界をあいまいにして、甘い草の香りを運んできた。季節はまだ夏で、まっ暗ななか、ようやく月の端が、ゆっくりと僕の方に滑り込んでくるのが見えた。僕はさらに、とても長いあいだ眠った、僕には見えないところで木々が歩き出そうとして、重たげに太い枝を揺らし、黒くて香りのする幹を抜き取ろうとしているあいだに。僕は木々が格闘する地面に耳を貼り付けていたんだ。

XI

僕は何度も尋問を受けた。だが、それは僕が何者であるのかを問うものであって、そう長く続くものではまったくなかった。

憲兵所では、誰も僕の事件に興味はないようだった。それでも〈解放軍〉の将校が、結局のところ僕を受けつけた。彼は僕を興味深げに眺めながらいくつか質問をした。名前、住所、職業、生年月日と出身地。僕は丁寧に答えた。彼はしばし黙り、ノートのなかに何かを探しているようだったが、それから再び僕を、今度は厳しい眼で見つめた。「ラルケ氏を知っているか？」僕は嘘をつきたくはなく、その必要もなかった。僕がここにいるのは、殺人を犯したためではなく、しかるべきときにそうしなかったためだということを自分でも分かっていた。こうまとめたら、君にも分かりやすいだろう。僕は頭を使った。「彼を知っている人もいたと思います。」その男は若かったが戦争が彼を老いさせていた――こう言っていいなら、不平等なやりかたで。彼の顔は、厳しさに引き攣《つ》れて、ところどころに皺が寄り、僕にはシャツの下の強そうな筋肉が窺われ、身を隠すのに穴と藪《マキ》しか持たぬ者たちに太陽がくれるあの日焼けをしていた。彼は微笑んだ、僕が質問をはぐらかしたことを悟っていたのだ。「俺はお前に真実を求めてはいない。ここでは誰もそんなものを望んではいないんだ。もしお前が彼を殺したということになれば、お前がそのツケを払うだろう。」彼は突然笑い出した。力強く、雷が轟くようで、信じがたいような哄笑。「俺がアルジェリア人をフランス人殺害の廉《かど》で裁かねばならなくなるなど誰が信じただろう！」、と言って彼は大笑いした。彼の言うとおりだった。僕にはよく分かっていた、僕がここにいるのは、ジョゼフ・ラルケを殺したからではないのだ――たとえジョゼフ・ラルケ自身が、二人の証人に挟まれて、僕が彼の身体に撃ち込んだ二発の銃弾を手のひらにちらつかせながら、丸めたシャツを脇の下に挟んで、ここに訴えに来たとしても。僕がここにいるのは、たったひとりで彼を殺したためであり、正当な事由のためではなかったからだった。「分かるかね？」、と将校は僕に言った。僕ははいと答えた。

将校が昼食を取っているあいだ、僕はまた独房に連れて行かれた。何もすることなく僕は待っていた。座ったままで、大したことは考えなかった。僕は太陽の水たまりに脚を突っ込んだかのようだった。空全体が屋根窓のなかにあった。木々のざわめきや遠くの会話が聞こえてきた。マーは何をしているだろうかと自問した。彼女はきっとお仲間と会話しながら中庭を掃いていることだろう。十四時、とびらが開き、僕は再び大佐の執務室に向かった。彼は僕を待っていて、壁に張った巨大なアルジェリアの旗の下に静かに腰掛けていた。リボルバーがひとつ執務机の隅に置かれていた。僕は椅子に座らされ、身じろぎもせずにいた。将校は何も言わず、重苦しい沈黙がのしかかっていた。思うに彼は、僕の神経を刺激し僕を不安定にさせたかったのだ。僕は微笑んだ。というのもそれは、マーが僕を罰しようとするときに使うテクニックに少しばかり似ていたからだ。「お前は二十七歳だな」、と彼は始め、それから僕の方に身を乗りだしたが、火のような眼をして、非難するように人差し指をつきだしていた。彼はわめいた。「それで、どうしてお前は自分の国を解放するために武器を取らなかったんだ？　答えろ！　どうしてだ!?」僕にはその顔が何となく喜劇的に見えた。彼は立ち上がり、乱暴に抽斗《ひきだし》を開けて、小さなアルジェリアの旗を取り出し、僕の鼻先でぶらぶらさせた。そして脅すような、少し鼻にかかった声で言った。「お前はこれを知っているのか?」 僕は答えた。「はい、もちろん。」 すると彼は愛国心の高揚へと飛び立ってしまい、おのが独立国家と百五十万の殉教者の犠牲への信仰をくり返した。「そのフランス人だって、われわれとともに殺すべきだったんだ、今週じゃなくて戦争中にな!」 僕はそれには大した違いはないと答えた。たぶん狼狽したのだろう、彼は黙り、それから怒鳴った。「大違いだ!」 彼は敵意のこもった眼をしていた。僕は何が違うのかと聞いた。彼は口ごもりながら、ただ殺すのと戦争をするのとでは違いがあり、我々は人殺しではなく解放者であり、誰も僕にそのフランス人を殺すように命令をしておらず、それに〈もっと前〉にやるべきだったと言った。「もっと前とは?」、と僕は尋ねた。「七月五日より前だ! そう、前にだ、後じゃない、分かったか!」 とびらを素早く叩く音がし、ひとりの兵士が入って来て、机に封筒をひとつ置いた。この中断が大佐を激高させたようだった。その兵士は僕にさっと視線を投げかけ、それから戻って行った。「それで?」、と将校は僕に尋ねた。僕は理解できないと答え、「もし僕が七月五日の午前二時にラルケ氏を殺した場合、なお戦争だったと言うべきでしょうか、それともすでに〈独立〉していたと言うべきでしょうか。前なのでしょうか後なのでしょうか?」、と尋ねた。将校はびっくり箱の悪魔みたいに跳びあがって、僕がその長さに驚くほどの腕を広げて、ひどい平手打ちを僕に食らわした。僕は頬が冷やっとしてから火がついたように感じ、両眼には思わず涙がにじんだ。僕は姿勢を正さねばならなかった。そのあとは何も起こらなかった。僕らは二人とも顔を見合わせたままでいた。大佐は腕をゆっくりと胸の辺りに戻し、僕は自分の頬に内側から舌で触れていた。僕は自分が愚かに思えた。廊下で声がしたのが聞こえると、将校はそれを利用して沈黙を破った。「お前の兄がフランス人に殺されたっていうのはほんとうか？」 僕は「はい」と答え、しかし革命が勃発する前のことだと言った。大佐は突如、倦み果てたように見えた。「ただ単にもっと前にやるべきだったんだ」と彼はほとんど物思わしげにつぶやいた。「守るべき規則というものがある」、と付け加えた──おのが理屈の正当性を自分自身に納得させるかのように。彼は僕の職業をもう一度詳しく説明するように求めた。「国土管理局の職員です」、と僕は言った。「国にとって有用な仕事だ」、と彼は自分に言い聞かせるようにもぐもぐ言った。それから、ムーサーの物語を語ってくれるよう僕に頼んだが、何かほかのことを考えているようだった。僕は自分が知っていることを話した。つまりほんの少しのことだけだ。将校は僕の話をぼんやりと聞き、僕の語りが少しばかり軽いと、その上ほんとうらしくないと結論づけた。「お前の兄は殉教者だ、だがお前はどうだか知らない……」僕は彼の言い回しを信じがたいほどに深いと思った。

彼にコーヒーが運ばれてくると、僕は帰らされた。「お前のことは何でも知っている。お前のこともほかのやつらみんなのことも。憶えておけ」、と僕が部屋を出る前に言い放った。僕は何と答えるべきか分からなかったので黙っていた。独房に戻ると、僕は退屈を感じ始めた。自分が釈放されるだろうと分かっていたし、そのことが僕のなかに沸き立っていた奇妙な熱意を冷ましたのだ。壁は狭まってくるように、屋根窓は縮むかのように思え、五感が狂わんばかりになった。その夜は、ひどく、ぱっとしない、息苦しいものになろうとしていた。僕は、コウノトリの巣のような心地よいものについて考えようとしたが、何をしようが無駄だった。僕は説明もなく釈放されようとしていた、僕自身は断罪されたかったのに。僕の人生を暗黒に変えたあの重苦しい影を取り去って欲しかったのだ。それに、僕をこのように解き放ってしまうことには何かしら不正義なものがあった——僕が犯罪者なのか、人殺しなのか、死者なのか、犠牲者なのか、あるいは単なる躾《しつけ》のなってない馬鹿者なのかも説明しないとは。僕は自分の犯した罪が軽々しく扱われたことをほとんど侮辱的だと思った。僕は人を殺し、そのことが僕に信じがたいほどの眩暈をもたらしていた。ところが、根本的に誰もそこに異論を差し挟まない。ただ時刻だけが漠然とした問題を提出するように思われた。何たる怠慢、何というういい加減さ！　こうやって僕の行為の信用を失なわせていることを彼らは分かっていないのか!?　死がただも同然だったなどと認めることはできなかった。ところが僕の復讐も同じく無効を宣告されたばかりだったのだ。

次の日、僕は釈放された。一言もなく、明け方に——兵士たちが決定を下すのにしばしば選ぶのはこの時間帯なのだ。僕の背後では、疑り深いジュヌードたちがいまだにひそひそ言っていた。まるで、この国はすでに自分のものなのに、彼らはまだマキにいるかのようだ。山からやって来た若い農民たちだったのか、鋭い眼つきをしていた。思うに大佐は、僕を卑怯者あつかいされる恥辱のなかで生かすことに決めたのだ。彼は僕がそれに苦しむだろうと考えていた。もちろん、それは間違いだ。ハハ！　僕は、今日までずっと笑ってるんだ。彼はひどい間違いをしでかしたもんさ……

ところで、どうしてマーがジョゼフ・ラルケを犠牲に選んだのか分かるかね？——というのも、そう、彼の方がその晩僕らのところにやって来たとはいえ、彼女が彼を選んだと言えるのだ。ほんとうのことには思われないだろうが、誓ってね。あの犯罪の翌日、マーが僕にそう語ったんだ——僕の方は、ものを忘れさせてくれる昼寝《シエスタ》と昼寝《シエスタ》ののあいだで、半分眠っていたのだけれど。つまりはだね、このルーミーは、マーによれば、罰せられねばならなかった。なぜなら彼は、十四時に海水浴するのが大好きだったからなんだ！　彼は日に焼けて、暢気に、幸せで自由に、海から戻ってくるのだった。ハッジュートへ帰った際、ラルケ家に立ち寄った彼がひとたび幸福をひけらかすや、せっせと家事をしていたマーの顰蹙を買わぬことはなかった……　「あたしは学はないけどね、全部分かってるんだよ。あたしは知ってたんだ！」と彼女は言い放った。〈あたしは知ってたんだ。〉正確には何を？　神のみぞ知るだよ、友よ。それにしたって信じられないことじゃないかね!?　彼が死んだのは、海を愛し、そこからいつもあまりに生き生きと戻って来たせいだった——マーによればね。ほんとうに狂っている！　なお、この話は僕らがいま分けあっているワインがでっちあげたものじゃない、それは誓おう。僕の犯罪のあとを襲ったあの眠気でぼうっとした何時間ものあいだに、僕がこの話を夢で聞いていたのでなければだけど。結局のところは、そうなのかもしれない。だが、何にせよ、彼女がすべてをでっちあげたとは考えられないからね。マーは彼のことはほとんど何でも知っていた。歳も、若い娘の胸の好みも、ハッジュートでの仕事も、ラルケ家との関係も——もっとも彼はあまり評価されてなかったようだが。「ラルケ家のひとたちは、あいつはエゴイストで根無し草、他人のことを気にかけないって言ってた。ある日、彼らの車が故障したことがあって、道路に出て助けを待っていたところ、あいつが通りかかった。あいつが何をしたと思う？　見なかったふりをしてそのまま運転を続けたのさ。神様と待ち合わせでもあったみたいにね。マダム・ラルケがあたしに言ったんだよ！」　僕は全部憶えているわけじゃないが、マーならこのルーミーについてまるまる一冊の本だって書けただろうことは請け合いだよ。

「一度たりとも、あいつに何の世話もしたことはないわ。私を嫌ってたしね。」　憐れなやつ。その憐れなジョゼフは、あの夜、僕らの家にたどりついて井戸に落ちたのだ。何て狂った物語。何と多くの無償の死者たち。そのあとでどうやったら人生をまじめに受け取れよう？　僕の人生ではすべてが無償に思えるんだ。ノートを持った君でも、君のメモでも、君の本でもね。

＊

さあ、ほら、君はそうしたくてしょうがないようだ。彼を呼びたまえ、あの亡霊に僕らに加わるよう言うがいい、もう僕には何も隠してるものはないからね。

XII

愛というものは僕には不可解だ。いつだって驚きながら眺めている――カップルを、その常にゆったりとしたリズムを、その執拗な手探りを、アマルガムとなるその糧を、手のひらとまなざしとで同時に、よりよく溶けあうために片っ端から、お互いを捉えようとするそのやりかたを。ほかの手を握って離したがらないこの手が、誰かの心に顔を与えるのに必要だということが、僕にはどうにも分からないのだ。愛しあう人々はどうしているのだろう？　どうやってお互いを耐えているのだろう？　ひとりで生まれてきて別々に死んでいくということを、彼らに忘れさせているのはいったい何なのだろう？　僕はたくさんの本を読んできたが、恋愛は僕には妥協に思える――謎でないことは確かだ。ある人々が恋愛から感じ取るものを、僕はむしろ死から感じ取っているように思える。あらゆる人生のもつ不確実さと絶対的なものの感覚、心臓の鼓動、盲目の身体を前にした苦悩を。死は――僕がそれを受け取ったとき、それを与えたとき――僕にとって唯一の謎なのだ。残りのものはすべて、儀式、習慣、疑わしき共謀に過ぎない。

ほんとうのことを言えば、愛は僕を恐れさせる天上の獣のようなものだ。それは人々を二人ずつ貪り喰らい、永遠という餌で幻惑し、一種の繭のなかに閉じ込めてから、天上へと吸い上げてその残骸を果物の皮のように地面に捨てるのだ。別れたあとの人たちがどうなるか分かるかい？　閉ざされたとびらについた引っ掻き傷だよ。ワインをもう一杯どうだい？　オラン！　ここは葡萄の国なんだ。葡萄畑が見られる最後の地方だよ。よそではどこもかしこも引っこ抜いてしまった。ウェイターはオラン訛りが上手くないが、彼は僕に慣れてるからね。力が有り余ってるのを、給仕の際にぶつくさ言うことで我慢してるのさ。彼に合図しよう。

メリエム。そうだ。メリエムがいた。一九六三年の夏のことだ。もちろん、僕は彼女といて楽しかった。もちろん、僕は自分の井戸の奥底から、天の輪のなかに彼女の顔が現れ出るのを見るのが好きだった。僕も分かってるんだ。もしムーサーが僕を殺さなかったら――実際には、ムーサー、マーそして君の主人公が一緒になって僕の殺害者なのだが――僕だってもっとよく、自分のことばとも、この国のどこかのちっぽけな土地とも、相性よく生きることができただろうと。でもそんなものは僕の運命ではなかった。メリエムは、彼女の方は人生のなかにいた。僕らのことを想像してみるかい？　僕は彼女の手を握り、ムーサーはもう一方の僕の手を握り、マーは僕の背中にのっかって、君の主人公は僕らが自身の結婚を祝ったかもしれないあらゆる浜辺をぶらついている。ひと家族全体がもうメリエムにくっついているんだ。

神よ、光かがやく微笑みと短い髪をした彼女は何と美しかったことか！　僕は自分がただ彼女の影であって彼女の光の照り返し《ルフレ》でないことに心を痛めていた。いいかい、ムーサーの死と生涯僕に課された喪は、ずいぶん早いうちに、所有することに対する僕の感覚《センス》を歪めてしまったんだ。異邦人《エトランジェ》は何ものも所有しない――僕はそのひとりだった。僕は長いあいだ自分の手にまったく何も持ったことがなかった。僕はそれに嫌悪を覚え、過剰な重さを感じるんだ。メリエム。美しい名前だろう？　僕は彼女を引き留める術を知らなかった。

この町をよく見たまえ、まるで崩れかかって役に立たない地獄みたいなものだ。環状に建造されているんだがね。真ん中には、硬い核だ――スペイン時代のペディメント、オスマン朝時代の壁、コロンたちの建てた建造物、〈独立〉で建造された行政機関や道路。その次が、原油の塔と乱雑に建てられた彼らの集合住宅。最後はスラムだ。そのまた向こうだって？　煉獄だと僕は思うね。何百万もの人がこの国で死んでいるんだ――この国のために、そのせいで、それに抗って、そこから出て行こうとして、あるいはそこに来ようとして。僕は神経症の幻覚が見える、それは認めよう……　ときには、新しく生まれた子供たちがかつての死者たちであり、甦った亡霊のように、貸金の返還を求めてやって来たかのように思えるんだ。

*

彼が君に応じるのを拒んでいるって？　それじゃあ、うまい言い方を考えるんだね。僕は知らないよ。彼の新聞の切り抜きとか哲学者みたいなおでこに怖じ気づいちゃいけないよ。ねばるんだ。どうやるかは僕の相手をしてもう分かってるだろ？

XIII

ふむ、僕としても順番通りに話をすればよかったな。そうしたほうが将来君が書く本のためにはよかったんだろうが、残念だったね。でも君ならいつのことだか見当がつくだろう。

僕は一九五〇年代に就学したんだ。つまりちょっと遅かった。入学したときにはもう、ほかの小僧どもより頭ひとつ分大きかった。僕がハッジュートの小学校に入るようマーに執拗に求めたのはある司祭――それとムッシュー・ラルケも――だった。最初の日のことは忘れられないよ、どうしてだと思う？　靴のせいさ。僕は靴が無かったんだ。教室での最初の日々は、トルコ帽《タルブーシュ》をかぶり、アラブ・ズボンを穿いて…… そして裸足だった。アラブ人は二人いて、二人とも裸足だった。今日まで僕は可笑しくて仕方がない。担任の先生がね――そのことで僕はいまでも感謝してるんだがね――何にも気づかないふりをしたんだ。彼は僕らの爪や手、ノートや服装の検査をしつつ、足のことは避けていた。僕は当時の映画に出てくるインディアンの首長のあだ名を付けられていた。「座せる雄牛《シッティング・ブル》」ってやつだ。なぜなら、僕はほとんどの時間座ったままで、逆立ちで歩くことのできる国を夢みていたからだ。僕は優秀だった。フランス語はひとつの謎のように僕を魅了していた――あたかもその彼方に僕の世界の不協和音に対する解決策を宿しているかのように。僕はそれを、僕の世界を、マーに対して翻訳し、それをいわばより不正義でないものに変えたかったのだ。

僕が読み書きを覚えたのは、ほかの人たちみたいに話せるようになるためではなく、人殺しを見つけ出すためだった――始めは自分でも認めていなかったんだがね。最初はあの新聞の切り抜きを解読するのもやっとだった――マーが後生大事に胸元にしまっていた、あの「アラブ人」の殺害を語ったものだ。僕は自分の読解力に自信が着くにつれ、その記事の内容を変貌させせる癖が着き、ムーサーの死の語りを美しく潤色し始めた。マーは定期的に僕にそれらを差し出して、「もう一度読んでごらん、お前が以前分かってなかったことが何か書いていないか注意するんだよ。」そんなことが十年近く続いたんだ、この話は。それができるのは、僕がその二つのテクストを丸覚えしているからだ。僕らはそこに書かれた二文字の細いイニシャルにムーサーの存在を見いだしていたし、記者は犯人と殺害の状況について奮発して数行を費やしていた。どれだけの才能が必要だったか考えてみてもくれたまえ。二段落の三面記事を、あのシーンとあの有名な浜辺を砂の一粒まで描きだす一個の悲劇へと変貌させるためのね。あの侮辱的な簡潔さを僕はずっと嫌ってきた――どうしたら死者に対してあれっぽっちの重要性しか与えないことが可能なのか？　これ以上何と言うべきかな？　君の主人公は独房で見つけた新聞の切り抜きを楽しんでいたが、僕は母さんが発作を起こすたびにそいつを鼻先に押しつけられていたんだ。

ああ、ひどい冗談だよ！　もう分かったかい？　どうして僕が君の主人公の本を初めて読んだときに笑ったのか分かったかい？　僕はこの物語のなかに、兄さんの最後の言葉、彼の吐息の描写、殺害者を前にした彼の応答、彼の足跡や顔を見つけ出そうと待ち構えていたのに、そこにはアラブについて二行しか書いてなかったんだ。「アラブ」という単語は二十五回も出てくるのに、名前はひとつもない、ただの一回も。僕が新入生のノートに初めてのアルファベットを書いているのをマーが初めて見たとき、彼女は新聞の切れ端を二枚僕に突きつけて読むように命じた。僕には無理だった、できなかった。「お前の兄さんだよ！」と彼女は責めるように言い放った。まるで僕が公示所《モルグ》で屍体を見分けねばならなかったかのように。僕は黙った。それに何を付け加えよう？　そこで、彼女が何を僕に期待しているのか推察しようとした。死んでしまったあともムーサーを生き長らえさせること、彼の身代わりになってね。すばらしい要約だろう？　二段落のなかに、遺体、アリバイ、告発を見つけ出さねばならなかった。それがズージュを、僕の双子を探し求めてマーの捜査を引き継ぐ方法だった。そのことが一種の奇妙な書物へとつながった――もし僕に君の主人公のような天賦の才があったなら、僕がそれを書くべきだったんだろうが――それはつまりひとつひとつの対抗捜査だ。僕はあたう限りすべてのものをこの短い記事の行間に詰め込んで、ひとつのコスモスとなるまでにボリュームを膨らませた。その犯罪を想像のなかでどうやって再構築するかは、マーに全面的な権利があった。空の色、状況、被害者と殺害者のあいだの応酬、裁判所の雰囲気、警官たちの仮説、あの女衒《ぜげん》の悪知恵、ほかの証人たち、弁護士たちの口頭弁論……　まあ、こうやって話しちゃいるが、当時は、筆舌に尽くしがたい無秩序で、いわば嘘と卑劣な行為の千夜一夜物語だったんだ。僕はときには罪悪感を覚えたが、ほとんどの場合は誇りを感じた。僕は母に、彼女がかつてアルジェの墓地やヨーロッパ人街区でむなしく探し回ったものを供していたのだ。この、ひとりの言葉なき老女のための想像上の本の物語は、長いこと続いた。いいかね、それは周期的に繰り返されたんだ。誤解しないでくれ。数カ月のあいだその話をしていなかったと思ったら突然、彼女は落ち着かなくなり、ぶつぶつ言い始め、ついには僕の目の前に立ちはだかってくしゃくしゃになった二枚の紙切れをふりかざすのだった。ときには、僕はマーと亡霊のような本とのあいだの馬鹿げた霊媒であるような気がした。彼女が亡霊に質問を投げかけ、僕はその答えを通訳せねばならないのだった。

僕の言語学習はこうして死に印づけられるだろう。僕はもちろんほかの書物、歴史や地理の本も読んでいたが、すべては、僕らの家族の歴史、僕の兄に対してなされた殺害、そしてあの呪われた浜辺へと関係づけられねばならなかった。このいんちきなやりとりは〈独立〉の数カ月前にようやく終わったが、それは、まだ生きていたジョゼフが、ハッジユートで自分自身の墓場の周りをビーチサンダルでぶらついていたところ、おそらくその浮かれた足どりを母さんが察知したときだった。僕は、ことばと僕の想像力がもつすべての資源を汲み尽くしてしまっていたのだ。僕らにはもはや待つほかに選択肢は無かった。

何か別のことが出来するのを待つしかね。ひとりの恐怖したフランス人が僕らの暗い中庭に舞い込んだ例の夜を待つのだ。そう、僕がジョゼフを殺したのは、僕らのいた不条理な状況とのバランスを取らねばならなかったからだ。あの新聞の切れ端二枚はどうなったのか？ 何とも言えないな。幾度となく折りたたまれてぼろぼろになって無くなってしまったか。あるいはたぶん、マーが終いには捨ててしまったか。その頃作り上げた話をぜんぶ書いてしまおうという考えがきっと僕にも芽生えていただろうが、僕にはその手段もなかったし、犯罪が本になりえ、犠牲者が強い光の単なる跳ね返りになってしまうだなんて思いも寄らなかったのだ。それは僕のせいだろうか？

だからある日、栗毛でベリーショートの若い女が僕らの家の扉を叩き、誰ひとりとして問うことのなかった問いを問うたとき、それがどんな効果を僕らにもたらしたかは君にも察しが付くだろう。「ムーサー・ウルド・エル＝アッサースのご家族ですか？」 それは一九六三年三月のとある月曜日のことだった。国中が歓喜に沸いていたが、一種の恐怖が背後に広がっていた。というのも七年の戦争が育んだ獣が貪欲になり、大地の下に帰るのを拒んでいたからだ。勝利の戦争指導者たちのあいだでは、暗黙の権力闘争が猛威を振るっていた。

「ムーサー・ウルド・エル＝アッサースのご家族ですか？」

メリエム

僕はときどきこのフレーズを繰り返して、彼女の陽気な語調を再び見つけ出そうとするんだ――とても礼儀正しく、親切で、まるで純真無垢の光り輝く証しのようだった。とびらを開けたのは母さんだった――僕はそう離れてもおらず、中庭の隅に寝転んでいたのだが、起き上がるのが億劫《おっくう》だったんだ――、そして僕は、驚きながら、この透きとおるような女の声を耳にした。誰ひとりとして僕らを訪問しに来る者などいなかったのだ。マーと僕の両人はあらゆる人付き合いを絶って、さらに世間の人もとりわけ僕を避けていた。独身で、陰気で、無口、おまけに卑怯者だと思われていた。僕は戦争をやらなかったし、人々はそのことを恨みながらしつこく憶えていた。しかしながら一番奇妙だったのは、マー以外の人間の口からムーサーの名が発せられるのを聞いたことだった――僕は「彼」と呼んでいた。あの二枚の新聞記事は彼のことにイニシャルでしか言及していなかった——あるいはそれすらなかったかもしれないが、僕にはもう分からない。それで僕は、マーが「誰だって?」と答え、それから長い説明を聞くのを、その大半は忘れてしまったが、聞いたのだった。「それは息子のほうに言っとくれ」とマーは答え、彼女を招き入れた。僕は姿勢を正して、とにかく彼女の方を見なければならなかった。そして僕は彼女を見た。この小柄でか細い女性は、深い緑の眼をして、無邪気な赤熱の太陽のようだった。彼女の美しさが僕の心に痛かった。僕は自分の胸に穴が空くのを感じた。それまで、女性を自分の人生の可能性のひとつとして見たことは一度もなかった。僕はマーの腹から自分を引っぱり出し、死者たちを埋葬し、逃亡者たちを殺害することで手一杯だったのだ。君もちょっとは分かるかな。僕らは世捨て人のように暮らしてたんだ。僕はそれに慣れきっていた。そしたら突然この若い女が現れて、まさにすべてを奪い去らんとした。すべて、僕の人生も、マーと僕の世界も。僕は恥ずかしかった、恐ろしかった。「メリエムと申します。」マーが彼女を腰かけ椅子《タブーレ》に座らせると、スカートがそっとずり上がって、僕は彼女の脚を見ないようにした。彼女はフランス語で僕に説明した。自分は教員で、僕の兄の話を語っている本、あの人殺しが書いた本について研究しているのだと。

僕らは中庭にいた。マーと僕は、唖然として、何が起ころうとしているのか理解しようとしていた。言ってみればムーサーが甦り、墓を揺り動かして、彼に遺贈された重苦しい悲しみを感じるよう、ふたたび僕らに強いていたのだ。メリエムは僕らの困惑を感じ取り、ゆっくりと、優しさとともに一定の慎重さをもって、説明を続けた。彼女は順繰りに、マーへ、それから僕へと、病み上がりの人にささやくかのように話しかけた。僕らは黙ったままだったが、僕はようやく無気力から脱し、動揺を隠しきれぬまま彼女にいくつかの質問をした。

実際、これはちょっと、六番目で最後の銃弾がもう一度兄さんの肌を穿《うが》ちに来たようなものじゃないかと思う。こうして、ムーサー、僕の兄は、三度続けて死んだのだ。一度目は十四時に、あの「浜辺の日」に、二番目は、彼のために空っぽの墓を掘らねばならなかったときに、そしてついに三度目はメリエムが僕らの人生のなかに入って来たときに。

あのシーンのことはおぼろげに憶えている。マーは突然警戒を始め、狂ったような眼で見つめ、お茶を淹れ直す、砂糖を取って来るという口実で行ったり来たりし、壁の上の影が伸びるにつれ、メリエムの当惑も大きくなった。「わたしの話と質問のせいで、埋葬を中断させてしまったんじゃないかという気がしたわ……」、とのちに彼女は僕に打ち明けた。僕らがつきあい始めたころの話だ——もちろんマーには隠れてだが。辞去する前、僕らが二人きりになったときに、彼女は通学カバンから例の本を取り出した。君が慎重に書類カバンに入れてある本と同じものだ。彼女にとってはそれは非常に単純な話だった。とある著名な作家がひとりのアラブ人の死を語り、それをもって衝撃的な本にした――「箱のなかの太陽のように」、僕は彼女の言い回しを憶えている。そのアラブ人の正体に興味を引かれ、彼女は自分で捜索を行うことに決め、そして、論争好きのあまりに、終いには僕らの足跡をたどることになったのだった。「何カ月も何カ月も扉を叩き続け、あらゆる種類の人たちに質問してきたわ。ただあなたたちを見つけるためだけに……」、と敵意を失わせるような微笑みで彼女は言った。そして僕と翌日、駅で会う約束をとりつけた。

僕は最初の一瞬から恋に落ち、ただちに彼女を憎んだ。こうして僕の世界にやって来たことを、死者の跡を追って、僕の心の均衡を破ったことを。神よ、僕は呪われていた!

XIV

メリエムは、僕らを魅了してしまうような、このゆったりとした優しい口調で話し、僕らのことをほとんど誰も憶えていなかったバーブ・エル＝ウェドから僕らの足跡を見つけ出すのに数カ月かかったと説明した。彼女は博士論文を準備していた――しかも君のように――君の主人公と、一枚の枯れ葉について強い関心を寄せる数学者の精神で殺人を語るこの奇妙《エトランジュ》な書物について。そのアラブ人の家族を見つけたいと望み、それが、山々の裏で、生者たちの国での長い調査の末、彼女を僕らのもとに導いたのだ。

それから、僕には分からない何らかの本能に導かれ、マーが数分席を外すのを待って、彼女は僕にあの本を見せた。それはかなり小さな判型をしていた。表紙には水彩画が使われていて、スーツを着た男が、ポケットに両手を入れて、背中を半分後景の海に向けていた。色は薄く、ぼんやりとしたパステルカラー。それが僕の憶えていることだ。タイトルは『他者』で、あの人殺しの名前が黒く端正な文字で右上に書かれていた。ムルソーと。だが僕はこの女性の近さに気を取られ、動揺していた。彼女が台所から戻ってきたマーと挨拶を取り交わしているあいだに、僕はその髪、手、首をしげしげと眺める冒険に出た。それ以来、僕は、背中から女性を観察し、隠れている顔や見えない身体の兆しを読み取るのが好きなのだと思う。そういうものを全然知りもしないのに、彼女の香水の名前を想像のなかであれこれ考えたりしている自分に驚いた。僕はすぐに彼女の知性が鋭く明敏であり、一種の純真さと混ざり合っているのに気づいた。彼女は、あとで僕に教えてくれたが、東の、コンスタンティーヌ〔保守的で伝統的な東部の中心都市〕の生まれだった。「自由な女性」の地位を主張していて――その表明は挑戦的な眼とともに、保守的な自分の家族に対する抵抗について雄弁に物語るものだった。

　そうだね、ふむ、僕はまた脱線しているようだ。あの本について、僕が初めて見たときの反応を話して欲しいかい？　ほんとうのことを言えば、このエピソードのどこから君に話せばいいやら分からなくなったんだ。メリエムは、その香り、うなじ、優美さ、微笑とともに辞去し、僕はもう明日のことを考えていた。マーと僕は呆然としていた。僕らは、ムーサーの最後の足跡を、まったく知らなかった殺害者の名前とその希有の運命を、一緒くたに発見したところだったのだ。「すべては書かれていた！」〔天の書にすべては予め書き記されている（運命である）という定型表現〕、とマーは言い放ち、僕はその発言の意図せぬ正確さに驚いた。〈書かれている〉、そう、だが本のかたちであって、何らかの神の手にはよらずに。僕らは自分たちの愚かさを恥じただろうか？ 狂ったように笑い出したいという抑えがたい気持ちを押しとどめただろうか？ 僕ら、存在も知らなかった傑作の舞台裏に配されていた滑稽な両人。世界中があの人殺しを知っていた。あいつの顔を、まなざしを、肖像を、服装さえも、ただ……僕ら二人を除いてだ！ あのアラブ人の母とその息子、うらぶれた国土管理局職員。何も読んだことがなく、すべてを甘受していた二人の憐れな原住民。驢馬《ろば》のように。僕らは互いの眼を避けるようにしてその夜を過ごした。神よ、自分が愚か者だと気づくのは辛いことだった！ その夜は長かった。マーはあの若い女を呪う言葉を吐き、それから結局押し黙った。僕のほうは、彼女の胸に、生きた果実のようにうごめく唇に思いを馳せていた。翌朝、マーは僕を乱暴に揺り起こし、恐ろしい老魔女のように覆い被さって、僕に命じた。「あの女がまた来ても扉を開けるんじゃないよ！」僕は彼女がやって来るとお見通しで、どうしてそうするのかも知っていた。だが、僕の方も返事を準備していたのだった。

君もお察しだろう。もちろん僕は何もしなかった。いつものように珈琲を飲む時間も惜しんで、朝早く家を出た。取り決めのとおり、メリエムをハッジュート駅で待ち、アルジェからのバスに彼女の姿を認めると、僕は自分の心に穴が空いているのを感じた。すでに、彼女がいるだけでは僕のなかに穿たれたものを埋めるのに十分ではなかったのだ。お互いを前にして、僕は自分がのろまな粗忽者だと感じた。彼女は僕に微笑みかけた。まずはまなざしで、それから輝かんばかりの大きな口で。僕は口ごもりながら、あの本についてもっと知りたいと言い、僕らは歩き始めた。

そんなことが数週間、数カ月、数世紀も続いた。

分かったかね、僕は、マーの監視がずっと無力化に成功してきたものを体験するところだったんだ。熱情、欲望、夢想、期待、官能の狂奔を。昔のフランスの本では、それを〈懊悩《トゥルマン》〉と呼んでいる。恋が生まれるとき身体を捉えるこれらの力を口で説明することはできないな。僕のなかのその言葉はあやふやで不正確なんだ。何か巨大なものの背中を這い回る近視のムカデみたいなものだ。口実はもちろんあの本だった。あの本も、さらにはほかの本も。メリエムは僕にもう一度あの本を見せて、辛抱強く説明してくれた。このときも、ほかのときも、僕らが会うときはいつも、その作品が書かれた文脈について、その成功、それから影響を受けたほかの本のこと、さらには章のひとつひとつに付けられた果てしない注釈について。それは眩暈がするようだった。

しかしその日、その二日目には、僕は彼女が本のページに置いた指を、紙の上を滑る赤い爪を眺めながら、もしその手を取ったなら彼女は何と言うだろうか、と考えるのを自らに禁じていた。しかし、ついには僕はそうしてしまった。するとそれは彼女を笑わせた。そのときの僕にはムーサーのことがどうでもよくなっていたのが分かっていたからだ。その一度だけのこと。午後の始めに僕らは別れ、彼女はまた来ると約束した。とはいえ彼女は、どうやったらマーと僕がほんとうにあのアラブ人の家族だと、その研究のなかで証明することができるだろうかと聞いてきた。僕は彼女に説明した。それこそ我が家が昔から抱えている問題で、家名すら無いようなものなのだと……それがまた彼女を笑わせた——そして僕の心を痛ませた。それから僕は事務所に向かった。誰かが僕がいないのを気にするかもしれないなどとは考えもしなかった！　僕にはどうでもよかったんだ、友よ。

それからもちろん、まさにその晩、僕はこの呪われた書物を読み始めた。読み進めるのはゆっくりだったが、僕は魅惑されたかのようだった。自分を侮辱されると同時に真実の姿を知らされたような気がした。一晩まるまるかけて、あたかも神自身の本を読んでいるかのように、心臓をバクバクいわせ、いまにも息がつまりそうにして。それはまさに衝撃だった。そこにはすべてがあった、最も重要なことを除けば。すなわちムーサーの名前だ！　どこにもない。僕は何度も数え、「アラブ」という語は二十五回出てきたが、いかなる名前も、僕らの誰の名前もなかった。ただのひとつもだ、友よ。塩と、眩暈と、神の使命を背負った人間の条件についての考察だけ。ムルソーの本は、僕にムーサーについて新たに教えるものは何もなく、ただ、人生の最後の瞬間においてすら、彼には名前がなかったということであった。そのかわり彼は、あたかも僕が彼の天使であるかのように、殺害者の魂を見せてくれた。僕はそこに変形した奇妙な記憶を見いだした。あの浜辺の描写や、信じがたいほど明確にされた殺害時刻、まったく見つからなかった古い別荘に、裁判の日々と独房での時間を。その一方で母さんと僕はムーサーの屍体を求めてアルジェの町を彷徨い歩いていたのだ。この男、君の作家は、僕の双子ズージュを、僕の肖像を、僕の人生の細部や僕の尋問の思い出すらをも盗み取ってしまったかに思われた！　僕はほとんど一晩かけて、一言一言、苦労しながら読みふけった。まったく素晴らしい冗談だった。僕はそこに兄の足跡を探し、そこに自分の反射した姿見《ルフレ》つけ、自分がその殺人者とほとんど瓜二つであることを発見した。僕はようやくその本の最後の一節にたどりついた。

「〔……〕この私に残された望みといっては、私の処刑の日に大勢の見物人が集まり、憎悪の叫びをあげて、私を迎えることだけだった。」神よ、どれほど僕がそれを望んだか！大勢の見物人が集まったことだろう、たしかに、だがそれはあいつの犯罪にであって、あいつの裁判にではなかった。だいたい何て見物人だ！盲目的な信者、偶像崇拝者め！この崇拝者たちの群れのなかには憎悪の叫びなどけっして無かった。この最後の一節は僕に衝撃を与えた。傑作だ、友よ。僕の魂に差し出された鏡、僕がこの国で、アッラーと退屈のはざまでなろうとしていたものに差し出された鏡だった。

その夜は眠れなかった。ご想像の通りだ。それで、レモンの木の傍らで空をじっとながめていた。

あの本はマーには見せなかった。何度も何度も際限なく、最後の審判の日まで、僕に読ませようとしただろうからね。誓ってもいい。太陽が昇ると、僕はその表紙を破いて納屋の奥に隠した。前日にメリエムと会ったことはもちろんマーには話さなかったが、彼女は僕のまなざしから、僕の血のなかに別の女がいることを見破ったのだ。メリエムが僕たちの家に再び来ることはなかった。僕はそれからの数週間、彼女とかなり定期的に会った。それは実際その夏中続いたのだ――アルジェからのバスを窺いに僕が毎日駅に来るという取り決めだった。彼女が抜け出せたときは、僕らは数時間一緒に、歩いたり、ぶらぶらしたりして、ときには木の下で、大した時間じゃなかったが、寝転んで過ごしたりもした。彼女が来られないときは、僕は踵を返して仕事に戻るのだった。僕は、あの本が汲み尽くされぬことを、無限となって、彼女が僕のときめく胸に肩をのせたままでいてくれることを願い始めた。僕は彼女にほぼすべてを語った。子供時代、ムーサーが死んだ日、文盲の愚か者だった僕らの捜査、エル＝ケッタールの墓地にある空っぽの墓、そして我が家の喪の厳格な規則。彼女と共有するのを躊躇《とまど》った唯一の秘密はジョゼフを殺害したことだった。その本を読むのに彼女が教えてくれたやりかたは、それを傾けて、見えない細部を落とすようにするというものだった。あの男が書いたほかの本も、さらにそのほかの本もくれて、僕はだんだんと君の主人公がどのように世界を見ていたのか理解できるようになった。メリエムはゆっくりと、彼の信条や彼の神話的で孤独なイメージを説明してくれた。それは一種の孤児で、世界のなかに一種の父無き双子を認め、そのことで、正確にはその孤独のせいで、兄弟愛《フラテルニテ》の才能を手に入れたのだ、と僕は理解した。全ての話が分かったわけではなく、メリエムが別の惑星の話をしているかのように思えるときもあった。彼女の声を聞くのが好きだったんだ。そして僕は彼女を愛した、深く。愛。何とも奇妙な気持ちじゃないか？　それは酩酊に似ている。平衡と感覚が失われるのを感じるが、奇妙にも正確で無益な感度を伴うのだ。

僕は呪われていたから、始めから、僕らの物語は終わりを迎えるだろうと、僕は彼女を自分の人生に留めることなど期待もできないだろうと分かってはいたのだが、ただそのときは、ひとつのことだけを望むばかりだった。それは彼女が僕のすぐ傍らで息をしているのを聞いているということだ。メリエムは僕の状態を察して面白がっていた――僕の深淵の深さに気づく少し前までは。彼女を怖がらせたのはそのことだろうか？　きっとそうだろう。あるいは、とうとう倦怠に捉えられてしまったのだ。僕はもはや彼女を楽しませず、僕が体現する少しばかり新しくてエキゾチックな道筋は彼女が探求し尽くしてしまい、僕の「事件」はもう彼女の気晴らしにならなかったのだ。僕は辛辣だな、間違っている。彼女は僕を拒絶しなかった。それは誓おう。それどころか、僕は彼女が一種の愛を僕に感じていたとさえ思う。だが、言ってみれば、彼女は僕の悲しみを愛し、僕の苦しみに貴重品の気高さを与えるに留めたのだ。そして彼女は行ってしまい、その頃の僕には、ひとつの王国が組織され始めていた。以来、僕は整然と女たちを裏切り、自分自身の最良の部分を別離のためにとっておくんだ。それは僕の人生の銘板に刻まれた第一の法なのだ。僕の愛の定義をメモするかい？　それはもったいぶってはいるが真摯なものだ。僕はひとりでそれを作り上げた。愛、それは誰かにキスして、唾液を分かち合い、自分の出生のおぼろげな記憶にまで遡っていくこと。それで僕は、魅力的なやもめ暮らしで、不用心な女性たちの優しさを惹きつけている。僕には不幸な女性たちや若すぎて理解できない娘たちが近寄って来たのだ。

メリエムが去ってからも、僕は何度もあの本を読み返した。これでもかというほどに。あのひとの痕跡を、彼女の読み方を、その研究熱心な抑揚を見つけ出すために。奇妙じゃないかね？　燦《きら》めく死者の証しのなかに生の探求に出るとは！　だけどまた話が逸れたな、この脱線が君を苛立たせていることだろう。でもね……

ある日、僕らは村はずれにある一本の木の下にいた。マーは何も知らないふりをしていたが、町から僕らの墓場を揺り動かしに来たこの娘に僕が見ていることを知っていた。町から僕らの墓場を揺り動かしに来たこの娘に僕が会っていることを知っていた。僕らの関係は変わってしまい、僕はこの怪物的な母親から自分を解放するための決定的な暴力の声なき誘惑を感じていた。ほとんど偶然に、メリエムの胸に僕の手が触れた。その木の焼けつく陰のなかで僕は夢うつつ、彼女は頭を僕の腿《もも》の上にのせていた。彼女は上体を少し起こして僕を見た。彼女は髪が眼にかかって、もうひとつの生の光でいっぱいの笑いを漏らした。僕は彼女の顔の上に身をかしげた。いい天気で、僕が、ふざけたみたいにして、微笑みの消えかけたうっすら開いた彼女の唇にキスをした。彼女は何も言わず、僕はただそのまま、身をかしげていた。身を起こすと、僕の眼には空が広がった。青く、黄金色をしていた。腿には、メリエムの頭の重さを感じていた。僕らは長いこと、痺れたように、そのままでいた。暑さがひどくなると、彼女は起き上がり僕もそれに続いた。僕は彼女をつかまえ、手を腰に回し、そして僕らは一つの身体のようにして一緒に歩いた。彼女はいつだって閉ざした眼に僕の姿を浮かべながら微笑んでいた。僕らはこうやって組み合わさったまま、駅までたどり着いた。あの時代はそういうことができたんだ。今とは違ってね。肉体の欲望が幕を開けた新しい好奇心で、僕らはお互いを見つめ合っていた。彼女は僕に言った。「私はあなたより色が黒いわね。」僕は彼女に、いつか夜に出てくることはできるか聞いた。彼女はまた笑うと、首を振って否定した。僕は思いきって聞いた。「僕と結婚したいかい？」彼女は驚きにしゃくりあげた——それが僕の心を突き刺した。彼女はそんなことを期待していなかったのだ。思うに彼女は、この関係を自然の楽しみとして生きたかったのであって、より真剣な誓約へのプレリュードとは考えていなかったのだ。「すると彼女は僕が自分を愛しているか知りたがった。」僕は、その言葉を使うときにそれが何を意味するのか分からない、だけど、僕が黙るときには頭のなかでそれを分かっているんだ、と答えた。君は笑うかい？ ふむ、それじゃあ君は分かったってことだな……そう、これはでたらめだよ。端から端までね。完璧すぎるシーンだ、僕がぜんぶでっちあげたんだよ。僕はもちろん、メリエムに何も言わなかった。彼女の常軌を逸した美しさと気質が、そして彼女には僕のものよりも素晴らしい人生が約束されていることが、僕を常に無言にさせてきたのだ。彼女は、今日この国から消えてしまった類いの女たちのひとりだった。自由で、勝ち誇り、不服従で、罪や恥ではなく才能として自分の肉体を生きている女。たった一度だけ彼女が冷たい影に覆われるのを見たのは、支配的で一夫多妻の父親が、いやらしい眼つきで彼女のなかに疑いと恐慌を掻き立てた話を聞いたときだ。書物は彼女を家族から解放し、コンスタンティーヌから遠ざかるための口実を与えてくれた。彼女は、それが可能になるやすぐさまアルジェ大学に入ったのだ。

　メリエムは夏の終わり頃に行ってしまい、僕らの物語は数週間しか続かなかった。彼女が永遠に行ってしまったのだと理解した日、僕は家の食器をすべて割り、マーとムーサーとこの世のすべての犠牲者たちを罵った。怒りに朦朧とするなか、僕が憶えているのは、マーが座ったまま、落ち着きはらって、僕が身のうちの情熱を空にするのをながめていたことだ——晴れ晴れとして、この世の女たちすべてに対する自分の勝利を楽しんでいるかのようだった。その続きはただ、長い悲痛な思いだけだった。メリエムが送ってくる手紙を、僕は何通も事務所で受け取った。僕は怒り狂いながら返事をした。彼女は研究だの、博士論文が進んでいるだの、反抗的な女子学生として失望しただのと弁明し、それからすべてがゆっくりと溶け去った。通信はだんだん短くなり頻度も少なくなった。そしてある日、ぷっつりと、手紙が来なくなった。それでも僕は駅でアルジェからの長距離バスを待ち続けた。ただ痛みを感じるため、何カ月ものあいだ。

*

ところで、君と僕が会うのも今日が最後だと思うんだ。彼を僕らのテーブルに来させるようねばってごらん。今度は来てくれるだろう……

ボンジュール・ムッシュー。ラテン系の出自をお持ちのようですね。驚くようなことじゃありません、この町は太古の昔から世界のあらゆる船乗りたちに身を任せてきたんですから。学校で教えてらっしゃる？　そうではない。おい！　ムーサー、ワインをもう一本とオリーブを頼む！　何だって？　こちらのムッシューは聾《つんぼ》で唖《おし》だって？　僕らのお客さんはいかなる言語も話さない⁉　ほんとうですか？　唇をお読みになる……　少なくとも読むことはおできになる！　私の若い友人がですね、誰も彼もが誰の話も聞かない本を持っているんですよ。それがお気に召すんじゃないかと。何にせよ、そちらの新聞の切り抜きよりは面白いでしょう。

こういうのを何と言うんでしょうね、巨人のような肩幅をしたカビール人のウェイター、見たところ結核の聾唖者、懐疑的な眼つきの若い大学教員、そして自分の主張の証拠を一切持っていない呑んだくれを、テーブルの周りに結集させる物語っていうのは？

XV

こんな年寄りになってしまってすまないね。そもそもそれが大きな謎なんだ。今日、僕はこんなにも老いてしまって、空にたくさんの星々がまたたいている夜にはしばしば思うんだよ。ひとがこんなに長いこと生きているというのは、きっと何か見つけ出すべきものがあるんじゃないかって。これほど生きるのに努力したんだから！　その果てには、何としても、ある種の根本的な啓示があるべきなんだ。僕に衝撃を与えているのは、僕の無意味さと世界の果てしなさのあいだのこの不均衡なんだ。僕がしばしば思うのは、何にしたって、僕の凡庸さと宇宙のあいだ、その中間には、何かがあるはずだってことだ。

だが、しばしば僕はまた舞い戻り、あの浜辺を彷徨い始める。ピストルを手に、僕に似た最初のアラブ人を殺すために探し求めて。ほかにどうしろというんだ、なあ、僕の物語を？　それを無限に演じ続けるのでないとしたら？　マーはまだ生きている、しかし彼女は物を言わない。もう何年も話していないし、僕は彼女の珈琲が飲めれば満足だ。この国の残りは僕には関係ない――レモンの木、別荘、太陽そしてあの銃撃の残響を除けばね。だから僕は長らくこうして生きてきたんだ。働いていた事務所と何度か変わった住居とのあいだを彷徨う一種の夢遊病者のようにして。女たちとの物語めいたものがいくらかあっても疲労困憊してばかり。いいや。メリエムが行ってしまってからは何も起こらなかった。僕はほかの人たちと同様にこの国で生きてきた。ただもっと地味で無関心に。僕は〈独立〉の熱狂が消費され、幻想が崩れるのを見た。そして老い始め、今はここ、バーの椅子に座り、君に誰も聞こうとしなかった物語を聞かせている――メリエムと君を除けば――ひとりの聾唖者を証人にして。

僕は一種の亡霊のように、生者たちが金魚鉢のなかを動き回るのを観察しながら生きてきた。僕は衝撃的な秘密を抱えた男の眩暈を知り、終わりのない一種のモノローグを頭の中で続けながら、こうして彷徨ってきた。僕がムーサーの弟であると、僕らが、マーと僕だけが、この有名になった物語の真の主人公なのだと世界に叫びたいという激しい思いを抱いたこともあった。でも誰が僕らを信じる？　いったい誰が？　どんな証拠を僕らが出せたというんだ？　二つのイニシャルと名前の出てこない小説？　最悪なのは、月夜の犬の群れが、君の主人公が僕の国籍だったかそれとも建物の隣人たちの国籍だったかで二つに分かれて喧嘩をおっぱじめたことだ。ひどい冗談だ！　大勢いるなかで、誰ひとりとしてムーサーの国籍が何だったか問う者はいなかった。みな彼を〈アラブ人〉として指し示した。アラブ人たちのあいだでさえも。「アラブ」ってのは国籍か？　みなが自分たちの腹、母胎だと主張するけれども、どこにも見つからないこの国はいったいどこにある？

僕は何度かアルジェに行った。誰も僕らのことを話さない。兄さんのことも、マーのことも、僕のことも。誰ひとりとも！　内臓を吹き曝しにしているこのグロテスクな首都は、僕にとって、この罰せられざる犯罪への最悪の侮辱に思えた。数百万人のムルソーたちが、互いに重なり合って、汚い浜辺と山のあいだに押し込められ、殺人と眠気に呆然として、場所が足らずにぶつかり合っている。神よ、僕はこの町が、その怪物的な咀嚼《そしやく》の音が、腐った野菜と饐《す》えた油の臭いが嫌いなんだ！　そこにあるのは湾ではなく、顎だ。僕に兄さんの屍体を返してくれるのはきっとこの町ではあるまい。いいかね！　あの犯罪が完璧だったことを理解するにはこの町を背後から眺めるだけでいい。だから僕は、至るところで君のムルソーを見かけるよ。ここオランの町で、僕の家の建物のなかでさえね。僕のバルコニーの目の前、団地の最後の建物のすぐ裏に、未完成の壮大なモスクがある——この国に数千はあるようなものが。僕はそれをたびたび部屋の窓から眺めているんだが、その建築といい、空を向いた太い指といい、いまだにぽかんと開いたコンクリートといい、大嫌いなんだ。まるで王国の地方長官であるかのように教区の信徒たちを見ているイマームも嫌いだ。僕のなかに絶対的な冒瀆の欲求を煽るおぞましい尖塔《ミナレット》も。悪魔《イブリース》自身が行く先々で繰り返した「あなたの陶土の山に跪拝することはできません」の類い……　僕はときおり、そこの拡声器が架かっているところに這い登って、そこに厳重に戸を閉めて立てこもり、これまで大いに収集した罵倒と瀆聖の言葉をどなり散らしたいという誘惑に駆られた。僕の不信心を微に入り細に入り読み上げて。僕は礼拝しない、お浄めもしない、断食もしない、巡礼なんぞ行ったこともないし、僕は酒を飲む、って叫ぶんだ——どうせならワインを美味しくする空気もね。僕は自由だ、神は問いであって答えじゃない、僕は神に会うのは生まれるときや死ぬときのように独りきりがいいってわめくんだ。

君の主人公は死刑囚の独房で司祭の訪問を受けた。僕の方は、信心に凝り固まったやつらの群れに付きまとわれて、そいつらは僕に、この国の石はただ苦しみを滲ませるだけではないのだと、神は見ていらっしゃるのだと説得しようとするんだ。僕は何年も前からこの壁が未完成なのを見ているんだって怒鳴ってやるだろう。この世で僕がそれよりよく知っている物もなければ人もいないって。たぶん、ずっと昔には、僕も神の摂理の何ほどかを垣間見たかもしれない。その顔は太陽の色と欲望の炎を持っていた。それはメリエムの顔だった。僕はそれを見いだそうとした。無駄だったよ。いまはもうそれも終わった。そのシーンを想像できるかい？　僕はマイクでわめいてやるんだ、やつらがミナレットの扉を破って僕を黙らせようとしているあいだに。やつらは僕に因果を含めようとして、狂ったようになって、死後の生があるのだと言うだろう。そうしたら僕はこう答えるだろう。

「この生を僕が憶えていられるところの生！」　そしたらそこで、僕は死ぬだろう、たぶん石打ちの刑で、しかしマイクを持ったまま、僕ことハールーン、ムーサーの弟、失踪した父の息子は。ああ、殉教者の栄えある行い！　その剥きだしの真実を叫べ。君はよそで暮らしていて、神を信じない老人が耐えているものを理解できないのだ。モスクに行かず、天国を待たず、妻も息子もおらず、挑発のように自由を持ち歩く老人を。

〈ある日、そのイマームは僕に神の話をしようとして、僕は年寄りで、少なくとも他の人たちのように礼拝はするべきだと言ったが、僕は彼の前に進み出て、僕にはもうほんの少ししか時間が残されていないのだから、それを神を相手にして無駄にしたくないのだと彼に説明を試みた。彼は話題を変えようとして、なぜ僕が彼を「ムッシュー」と呼び「エル＝シェイフ」と呼ばないのか、と尋ねた。それが勘に障ったので僕は彼はほかの人たちにはそうかもしれないが僕の導き手ではないからだと答えた。「それは違うぞ、兄弟、と彼は手を僕の肩に置いて言った、私は君とともにある。しかし君はそれを知ることができないのだ。なぜなら盲目の心をしているからだ。私は君のために祈ろう。」そのとき、なぜかは分からないが、僕のなかで何かがはじけた。僕は大声で叫び始め、彼を罵り、彼が僕のために祈るだなど問題外だと言った。僕は彼の貫頭衣《ガンドゥーラ》の首元を摑んだ。僕は心の奥底から、喜びと怒りをないまぜにして、彼にぶちまけた。おまえはまさに自信満々の様子だ、そうではないかい？　だがしかし、おまえの確信のどれひとつも僕の愛した女の髪の一筋の価値もない。おまえは生きていることにすら確信がない、というのもおまえは死者のように生きているからだ。僕は手に何も持っていないように見えるが、自分に自信を持っている、すべてに確信を、自分の生にも、来るべきあの死にも確信を持っていた。そうだ、僕にはそれしかない。しかし少なくとも、僕はこの真理を、それが僕を捉えているのと同じくらい捉えている。僕はかつて正しかったし、今もなお正しい、いつも僕は正しいのだ。それはまるで僕がずっとこの時を、僕が正当化されるこの小さな夜明けを待っていたかのようだった。何も、何ひとつ重要ではなく、そのわけを僕はよく知っている。おまえもまたそのわけを知っている。僕の未来の底から、僕が送ってきたこの不条理な生のあいだ、暗い息吹が僕の方へと立ち上ってくる。他者の死も、母の愛も僕にはどうでもいい、彼の神も、ひとが選びとった生も、ひとが選んだ運命もどうでもいい。というのも、たったひとつの運命だけが僕を選び、そして、おまえのように、僕の兄弟といわれる、無数の特権ある人々を、僕とともに、選ばなければならないのだから。分かっているのか、おまえは分かっているのか？　みなが特権者なのだ。特権者しかいはしないのだ。ほかの者たちもまた、いつの日か断罪されるだろう。おまえもまた、もし世界が生きていたなら、断罪されるだろう。殺人で告発され、彼が母親の埋葬で涙を流さなかった廉《かど》で処刑されたとしても、あるいは僕が一九六二年七月五日に、その一日前ではなく、殺人を犯したとして告発されたとしても、それが何だと言うのだ？　サラマノの犬は彼の妻と同じくらいの値うちがあるのだ。機械人形の小さな女は、マソンが結婚したパリジェンヌ、あるいは僕と結婚したいと思ったマリーと同じく罪深いのだ。メリエムが今日、僕以外の誰かに唇を与えたとして何になろう？　この死刑囚め、おまえはいったいは分かっているのか、僕の未来の底から……　こうしたすべてを叫びながら、僕は息がつまってしまった。しかし、すでにイマームは僕の手から引きはがされ、千の腕が僕を取り囲んで無力化しようとした。だがしかし、イマームは彼らをなだめ、一瞬黙って僕を見た。その眼には涙があふれていた。彼は踵を返して、消え去った。〉

僕が神を信じているかって？　笑わせるね、君！　これだけの時間一緒に過ごしておいて……　僕にはなぜだか分からないのだが、誰かしらが神の実在について問うときにはいつも、神は人間の方を向いて答えを待っているんだ。神に聞きたまえよ、直に！　ときには僕はほんとうに、自分があのミナレットのなかにいて、そこで彼らが、僕が固く閉ざした扉を壊そうと、僕の死を求めて死ぬほど喚いているのが聞こえる気がするんだ。彼らはほらそこ、そのすぐ後ろで、怒り狂って泡を吹いている。その扉がガタガタいってるのが聞こえるかね？　なあ、君には聞こえるかい？　僕には聞こえるよ。もうすぐ破られそうだ。僕が何と怒鳴るかって？　誰も理解できないほんの一言だよ。「ここには誰もいない！誰もいたことがない！　モスクは空だ、ミナレットは空だ。あるのは虚無だ！」　きっと、〈僕の処刑の日に大勢の見物人が集まり、憎悪の叫びをあげて、僕を迎えるだろう。〉君の主人公はたぶん最初から正しかったんだ。この物語にはいかなる生き残りもいなかった。みんな一撃で、一度に死んだのだ。

今日、マーはまだ生きている。でもそれがどうした！　彼女はほとんど何も話さない。そして僕はきっと話しすぎるんだな。それは誰からもいまだに罰されていない殺人者たちが持つ大きな欠陥だ。君の主人公は何かしらそのことを知っていた……　ああ！　最後にほんのひとつ、僕の考えた冗談だ。君はムルソーをアラビア語で書いて発音するとどうなるか知ってるかい？　知らない？〈エル＝メルスール〉。「遣わされた者」あるいは「使者」だ。悪くないだろ？　よし、よし、これでほんとうに終わりにしなくちゃな。バーはもう閉まるから、みんな僕らがグラスを空にするのを待っている。僕らの出会いの唯一の証人は、僕が教師だと思った聾唖者で、新聞記事を切り抜いてタバコを吸うほかに楽しみが無いとはね！　神よ、何とあなたはご自分の創造物をからかうのがお好きなのか……

僕の物語は君の気に入ったかね？　これが僕の君にあげられるすべてだ。取ろうが捨てようが、これが僕の言葉だ。僕はムーサーの弟であり、あるいは誰の兄弟でもない。君がノートを埋めるために出会ったのはただの虚言症患者だ……　選ぶのは君だ、友よ。それは神の伝記のようなものだ。ハハ！　だれも神には会ったことがなく、ムーサーにさえ会ったことはない。それで誰もその物語がほんとうなのかどうか知らないんだ。アラブはアラブ、神は神。名前はなく、イニシャルもない。ボイラーマンの青い服と空の青。果てしない浜辺でそれぞれの物語を抱えた見知らぬ者どうし。どちらの物語がより真なのか? 内的な問いだ。決断するのは君だ。〈エル＝メルスール!〉ハハ。

僕もまた、彼らが、僕の見物人たちが、大勢であって欲しい。そして彼らの憎悪が野蛮であらんことを。

付記

本書八〇頁に引用した歌詞は、ハーレド〔ライ音楽の代表的歌手〕の歌から採ったもので、意味は、「どこだ、兄弟よ、どうして彼は戻ってこない？
海が俺から彼を奪い、彼は二度と戻らなかった」。

（著者）

訳者あとがき

本書は Kamel Daoud, *Meursault, contre-enquête*, Arles, Actes Sud, 2014. の全訳である。版元のアクト・シュッド社は南仏アルルを本拠に、フランスの出版をほとんど独占するパリとは距離をおきつつ、独特の編集方針で大きな存在感を示している出版社だ。外国文学の出版にも定評があり、とりわけ「シンドバード」叢書という大規模なアラブ文学の翻訳コレクションは有名である。

本書ははじめ、このアクト・シュッド社と提携しているアルジェリアの出版社バルザフにより、二〇一三年にアルジェで出版された（テクストには若干の異同がある）。そもそも、ジャーナリストである作者カメル・ダーウドのコラムを読んだバルザフ社の慫慂《しょうよう》で本書は執筆されたらしい。その記事は「反ムルソー、あるいは二度殺された『アラブ人』」というもので、本書の「ああ神よ、一体どうやったら人を殺してその死に至るまで奪い尽くすなんてことができるのだろう？　銃弾を受けたのは僕の兄なんだ、あいつじゃない！」からの数頁が元になった文章である（『ル・モンド』紙、二〇一〇年三月九日付）。

一見して明らかなように、本書が下敷きにしているのは、植民地時代のアルジェリアに生まれ育ったフランス人作家アルベール・カミュ（一九一三―六〇）の代表作『異邦人』（一九四二）であり、原題ではこの、世界で最もよく読まれたフランス小説の「主人公」の名をタイトルに据えている。バルザフ社にはカミュ生誕百周年を記念して本書を出版する意図もあっただろう。本文中にも『異邦人』からの（改変を含む）引用が斜体で鏤《ちりば》められている（翻訳では〈　〉に括って示した）。

当初は「カミュはあなたたちのものですか、それとも私たちのものですか、という、カミュの足跡を追ってアルジェリアに巡礼に来るフランス人記者たちの相も変わらぬ質問に苛立って」書き始められたというが（『エブド』紙、二〇一四年九月二十五日付）、コラムの「反ムルソー」すなわち「ムルソーに対抗する者」（le Contre-Meursault）から、「再捜査」すなわち「対抗捜査」(contre-enquête)へと対抗軸がずらされることによって、本書はムルソーの対をなすべき存在(彼に殺されたアラブ人)の権利要求に終わることなく、捜査(「真実」の探索と提示)の非対称性を批判することを通じて、人々の物語の複数性それ自体を浮かび上がらせることになる。

対称性の恢復を演じてみせるために、本書は「対」(ズージュ)を想像=創造する。犠牲者をムルソーに匹敵する人物、名前を持った対抗的存在に創り上げ、不在の父と老いた母親を与え、おまけに語り手として弟を想像する。殺されたアラブ人には名前がなく父も母も経歴も無いかに見える——そう指摘してポストコロニアル研究の厳しい検分に『異邦人』を晒したのはエドワード・サイードだったが(『文化と帝国主義』一九九三)、受容史の詳細は三野博司『カミュ『異邦人』を読む』やショーレ=アシュール『アルベール・カミュ、アルジェ』に譲りたい。

アルジェリア文学研究の泰斗ナジェト・ハッダによれば、ムルソーの殺人を反転させる試みは、カテブ・ヤシンの小説『ネジュマ』(一九五六)におけるフランス人殺害のエピソードが先駆である。一方本書は、単なる役柄の反転を超えて、あらゆる物語に対抗言説の可能性を見いだし(「いつだってもう片方がいるもんだよ」)、物語を無数の「バージョン」へと増殖させつつ、終いには「これはでたらめだよ。端から端までね」と嘯《うそぶ》いて、真実を装う物語の専制性を複数の物語の抗争の中に自壊せしめようとする。その意味では、検事の作り上げた殺人者の物語の虚構性を暴き立てる『異邦人』の延長線上に位置していよう。

しかし、対抗言説によって真実の座を奪い返すというわけではない。語り手は殺された兄を語る母の「ことば」に呪縛され、亡き兄の影となりながらも「母のものではないことば」へと逃走する。フィクションの専制を批判する本書は、同時にフィクションの力に、それを作り出すことばの権能に意識的だ。母親の口語アラビア語に対するオルタナティブとしてのフランス語は、図らずもムルソーの作り上げたフィクションに介入する契機となり（本書ではムルソーとカミュは意図的に混同されている）、やがてイマームに対する反駁の言語ともなる。何よりもフランスからやってきた聞き手に語り手が語る、この世界を創造する「ことば」である。

そしてこの「ことば」は想像の手段であり、語り手による「対」（ズージュ）の想像＝創造は過剰ともいえる比喩に拠っている。とりわけ「〜のような」という直喩表現は本書に繰り返し現れ、異なる二つのものを取り合わせて対をなし、世界を新しく認識するよう聞き手に要請する。時には不自然なほど長くあるいは抽象的な比喩が、読者に辛抱強く想像するよう語りかけてくるのだ（修飾関係が複雑になり翻訳に苦労した点でもある）。

文彩のなかには『異邦人』のモチーフを引き継いで反復されるものもあれば（太陽や空の青み、無為などに関わる表現）、「一枚の枯葉について強い関心を寄せる数学者の精神で殺人を語るこの奇妙な書物」といった文脈から遊離しようとする比喩も現れる。どちらも「虚言症患者」を自称する語り手のフィクションの素材であり、時には夾雑物として単線的な物語を阻害しつつ、外部へとテクストを開いていく。三度繰り返される「フライデー」への言及は、『異邦人』を手がかりに書き出された本書が実は『ロビンソン・クルーソー』の影響下にあることを告白するものだ。

実際、作者はインタヴューで、マルグリット・ユルスナール『ハドリアヌス帝の回想』やジュール・ヴェルヌ『神秘の島』とともにダニエル・デフォーに言及している。

〔もしも文学と出会わなかったら〕私は宗教的なものにひどく魅了されて、最後はある意味で破滅していたことだと思います。本は私が自分自身を救い、解放する助けとなりました。私は絶対を欲し、本がなければ、いま最も破壊的なもの、すなわち宗教的なものを絶対視していたことでしょう（……）『ロビンソン・クルーソー』のような島を描いた作品の」孤独な軌跡にではなく、人間が自分の世界を再建し、自身の解放に着手することに情熱を覚えます。私を魅了するのは自由なのです。人間は、聞いたこともなければ不確かで知りもしないものに直面しながら、それでも何かしらの意味をもったものを作り上げます。島の空間が私の興味を引くのは、ひきこもりの空間としてではなく、世界の意味を再構築することのメタファーとしてなのです。

（『ジュルナル・デュ・ディマンシュ』紙、二〇一七年七月十三日付）

語り手の饒舌が創造する本書の時空は、まさに自らを解放していく比喩の島なのである。それゆえ翻訳では、「ことば」によって自らを作り上げたフィクティフな存在、エクリチュールそのものとして語り手を捉え、レアリスムの筆法に拠って老人めかした口調に訳すことは控えた。いささか稚気を帯びた饒舌に若々しさを読み取ってみたが、それは一つの案にすぎない。きっとそれぞれの読み手によって多様な姿が想像されることだろう。

作者のカメル・ダーウドは一九七〇年にアルジェリアのモスタガーネムに生まれ、西部の中心都市オラン（ワフラーン）に暮らしている。政府が強力にアラビア語化政策を推進する時代に育ち、若かりし頃はむしろイスラーム主義の誘惑に身を委ねていた。しかし、九〇年代に過激化した原理主義者との内戦のなかでジャーナリストとして自己形成し、虐殺事件の取材を繰り返しつつ、宗教から文学へと関心を移していく。二〇〇〇年から『オラン日報』にコラム「私たちの意見、あなたたちの意見」を連載し、寸鉄人を刺す筆致で社会を論じ人気を博した。

二〇〇八年に短編集『ニグロの序文』をアルジェのバルザフ社から出版（モハメド・ディブ賞）、初の長編小説である本書はフランスで出版されるや複数の文学賞を受賞し大きな話題をさらった。二〇一七年にはコラム集『我が独立』と長編第二作『ザボルあるいは詩篇』、翌一八年には『女をむさぼり食らう画家』を発表している。

本書の出版以来、格段に著名な人物となったため、彼の歯に衣着せぬ発言は少なからぬ論争を惹き起こし、いくつかの事件に巻き込まれることにもなった。それらにここで立ち入ることはしないが、一四年末にサラフ主義者のイマームがダーウドを背教者として処刑を呼びかけるファトワー（法的見解）を発した事件と、一六年の新年にドイツで発生した一連の性犯罪の原因をイスラーム主義に見る記事を発表したため左派知識人たちにイスラーム嫌悪の烙印を押された事件を重大なものとして挙げておきたい。

訳者が初めてダーウドの作品に触れたのは二〇一二年、アルジェリア国立図書館で開かれたムルド・フェラウン没後五十周年記念シンポジウムに参加した折、アルジェの書店で『ニグロの序文』を偶然手に取ったことによる。見れば、お招き頂いたナジェト・ハッダ先生が銓衡委員長を務めるモハメド・ディブ賞を得ており、書店主から聞く評判も上々であった。彼はすでにコラム集などをオランで出版していたが、アルジェで手に入る本はいまだこれ一冊のみだった。

それが突如、世界的に名の知れた作家として国外の流通に乗せられたわけだが、本書のことをいち早くお知らせくださったのは今は亡きアルジェリア社会学の大家ファニー・コロンナ先生である(今回サイードの「カミュとフランス帝国体験」を読み返してコロンナ先生の名が言及されているのに初めて気づいた)。その後、石川清子先生が本書の翻訳を勧めてくださり、水声社の井戸亮さんからは翻訳コレクションの提案を頂いた。翻訳作業にあたっては、ジャーナリスト時代からダーウドの愛読者である新郷啓子さんが、遥かグラナダで原文と付き合わせながら拙訳を何度も推敲し、数多くの誤読から救ってくださった。本書はその意味で一種の共訳であると思っている。
ささやかな、また不出来な翻訳ではあるが、かくも多くのご縁を得て日本語の書物として出版できる喜びを、遠くアルジェリアの友人たちと、また日本マグレブ文学研究会（さらには韓国マグレブ文学研究会）の同志たちと分かち合いたいと思う。

二〇一八年十二月

鵜戸聡

著者／訳者について――

カメル・ダーウド（Kamel Daoud）　一九七〇年、モスタガーネム（アルジェリア）に生まれる。作家、ジャーナリスト。主な作品に、ゴンクール最優秀新人賞を受賞した本作のほか、『ニグロの序文』（バルザフ社、二〇〇八年、モハメド・ディブ賞）、『ザボルあるいは詩篇』（アクト・シュッド社、二〇一七年）、『女をむさぼり食らう画家』（ストック社、二〇一八年）などがある。

＊

鵜戸聡（うどさとし）　一九八一年、南九州に生まれる。東京大学大学院総合文化研究科博士課程修了。博士（文学）。現在、鹿児島大学法文学部准教授。専攻、フランス語圏アラブ＝ベルベル文学。主な著書に、『アルジェリアを知るための62章』（共著、明石書店、二〇〇九年）、『反響する文学』（共著、風媒社、二〇一一年）、『海賊史観からみた世界史の再構築』（共著、思文閣出版、二〇一七年）などがある。

本書は、アンスティチュ・フランセ・パリ本部の出版助成プログラムの助成を受けています。
Cet ouvrage a bénéficié du soutien des Programmes d'aide à la publication de l'Institut français.

もうひとつの『異邦人』――ムルソー再捜査

二〇一九年一月二〇日第一版第一刷印刷　二〇一九年一月三〇日第一版第一刷発行

著者――カメル・ダーウド
訳者――鵜戸聡
装幀者――宗利淳一
発行者――鈴木宏
発行所――株式会社水声社
東京都文京区小石川二―七―五　郵便番号一一二―〇〇〇二
電話〇三―三八一八―六〇四〇　FAX〇三―三八一八―二四三七
［編集部］横浜市港北区新吉田東一―七七―一七　郵便番号二二三―〇〇五八
電話〇四五―七一七―五三五六　FAX〇四五―七一七―五三五七
郵便振替〇〇一八〇―四―六五四一〇〇
URL : http://www.suiseisha.net

印刷・製本――モリモト印刷

ISBN978-4-8010-0243-2
乱丁・落丁本はお取り替えいたします。

Kamel DAOUD : "MEURSAULT, CONTRE-ENQUÊTE".
Editions Barzakh, Alger, © BARZAKH, 2013. Editions Actes Sud, Arles, © ACTES SUD, 2014.
This book is published in Japan by arrangement with Editions Actes Sud. S. A. through le Bureau des Copyrights Français, Tokyo.

叢書 エル・アトラス

貧者の息子　ムルド・フェラウン／青柳悦子訳　二八〇〇円

部族の誇り　ラシード・ミムニ／下境真由美訳　二五〇〇円

大きな家　モアメド・ディブ／茨木博史訳　（近刊）

もうひとつの『異邦人』　カメル・ダーウド／鵜戸聡訳　二〇〇〇円

移民の記憶　ヤミナ・ベンギギ／石川清子訳　（近刊）

ドイツ人の村　ブーアレーム・サンサール／青柳悦子訳　（近刊）

［価格税別］